天狗文庫

# 异域之人

[日] 井上靖 著
王维幸 译

IKI NO HITO

重庆出版集团
重庆出版社

IIKI NO HITO, YUKI (collection of stories)
by INOUE Yasushi
Collection copyright © 2004 by The Heirs of INOUE Yasushi
All rights reserved.
Originally published in Japan by Kodansha Ltd.
Chinese (in simplified character only) translation rights arranged with
The Heirs of INOUE Yasushi, Japan
through THE SAKAI AGENCY and Beijing Kareka Consultation Center, Beijing.
Simplified Chinese translation copyright © 2020 by Chongqing Publishing House Co., Ltd.
All rights reserved.

版贸核渝字(2018)第178号

## 图书在版编目(CIP)数据

异域之人 /(日)井上靖著 ; 王维幸译 . —重庆 : 重庆出版社, 2020.1
ISBN 978-7-229-14587-3

Ⅰ. ①异… Ⅱ. ①井… ②王… Ⅲ. ①长篇小说—日本—现代 Ⅳ. ① I313.45

中国版本图书馆 CIP 数据核字(2019)第 242461 号

# 异域之人
YIYU ZHI REN

[日]井上靖 著　　王维幸 译
责任编辑：许宁　魏雯
装帧设计：谢颖设计工作室
责任校对：杨婧

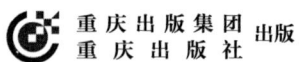

**重庆出版集团** 出版
**重庆出版社**

重庆市南岸区南滨路162号1幢　邮政编码：400061　http://www.cqph.com
重庆出版社艺术设计有限公司 制版
重庆豪森印务有限公司 印刷
重庆出版集团图书发行有限公司 发行
E-mail:fxchu@cqph.com　邮购电话：023-61520646
全国新华书店经销

开本：890mm×1230mm　1/32　印张：7.5　字数：116千
2020年1月第1版　2020年1月第1次印刷
ISBN：978-7-229-14587-3
**定价：59.80元**

如有印装问题，请向本集团图书发行有限公司调换：023-61520678

**版权所有　侵权必究**

# 目录 / Contents

- 002　玉碗记
- 030　异域之人
- 054　信松尼记
- 084　僧行贺之泪
- 110　幽鬼
- 126　平蜘蛛釜
- 154　明妃曲
- 188　圣者
- 213　译后记
- 218　附录　井上靖年谱

# 玉碗记
ぎょくわんき

我有一老友名叫桑岛辰也，在京都某大学主持考古学讲座。因久未联系，我便半赔罪半礼节性地给他写信，说我今秋务要西下一趟，一探久违的京都秋色。可当我快将此事抛至脑后之际，老友的回信才姗姗来迟，说他最近意外地在布施市某世家发现一雕花玻璃器物，乃是安闲天皇陵的出土品，人称"玉碗"。他料定此物不久必入好事者之手而遭秘藏，便劝我说，趁现在近水楼台，且君迟早也要西下一趟，莫如本月及早动身，哪怕只为一睹此碗也好。倘再犹豫，恐连秋色也瞧不到了——明信片上，桑岛的字迹依旧潦草，颇具其一贯风范。由于他本人置身一个考古学的世界，因此，他素来以为别人也会同他一样，对考古学界的大事小情皆充满好奇。他这种匪夷所思的性格一如他年轻时，几十年如一日，从未改变。

虽说学生时代我曾在桑岛的鼓动下一度对古器物产生过兴趣，可如今，诸如壶啦茶碗之类，于我来说只能是一个遥远的世界。不过，当收到桑岛这自以为是的书信时，我竟忽然产生了一种想看看那安闲天皇玉碗的冲动。虽说我本人孤陋寡闻，丝毫不懂这安闲陵出土品乃何等古物，不过，既然是近水楼台，我依然萌生了一种想看一眼的冲动。并且，我写给桑岛的那句"一探京都秋色"也绝非言不由衷，因为我早就合计着，倘若可能的话，最好还是趁寒意尚浅之际去一趟关西，以便从工作中偷闲几日。于是，我决定顺水推舟，接受桑岛的建议，前往那曾埋没我三年读书时光的京都。也就这么点事儿，没有别的。

当时，虽然我的心底也多少被桑岛所说的玉碗搅起过一丝涟漪，可说实话，我的心思却不在古器本身，而在于它是安闲天皇藏品这一点上。至于缘由，那是因为，十多年前由于些许原因，在《古事记》和《日本书纪》中频频出现的晦涩的诸神名字中，唯独广国押武金日命（安闲天皇）与其妃子春日皇女这两个名字曾占据过我内心一角，且至今仍铭刻在心，从未消失。我想，既然是安闲陵的出土品，那么不是安闲天皇的藏品便是其日用品了。当然，我这兴致并非如历史兴趣或是美术兴趣那样清晰，只是一种模糊的感觉而已。我只是觉得，既然是跟安闲天皇有关，看看也无妨，仅此而已。

将安闲天皇与妃子春日皇女这两个名字镂刻在我的记忆里，且至今仍无法抹去的，乃是我的妹夫木津元介，时间则是在十多年前。

　　木津元介原是我中学时代的同学，因为彼此喜欢文学，便成了最投缘最要好的朋友。中学毕业后，我们彼此进入不同的学校，再也无法像中学时那样亲密交往，可基于这种关系，当他从某私立大学毕业，在东京某女子学校执起国文课的教鞭时，我便选定他做了妹妹多绪的丈夫。

　　虽然他在性格上多少有点阴郁，不过于我看来，他处事执着且坦率，对于唯有性格善良这一优点的妹妹来说，无疑是一位理想的伴侣。并且，木津从中学时代起就频频出入我家，跟多绪也很投缘。当时我父母已经双亡，我独自替父母照看妹妹，大概这一点也帮了忙吧，所以，尽管年纪尚小且有些于心不忍，可多绪刚从女子学校毕业，我依然便让木津元介娶了她。

　　可是，等二人结婚后我才意外发现，木津跟多绪相处得似乎并不好。尽管多绪婚后不到五年便去世，可即使在这短短五年的婚姻生活中，她脸上浮现过的灿烂笑容依然屈指可数。因而，一想起此事，我至今仍心痛。这既非多绪的过错，也怪不得木津。虽然从表面上看不大出来，不过从深层性格来说，也许二人真的是不合吧。

不过，这也只是从木津的个人角度得出的结论。多绪深爱着木津，爱之愈深，对木津的期望就愈大，自然就平生出一些不平和不满来。或许多绪是想独占木津的爱情吧，她对木津的感情始终是那么专注那么执着，甚至在旁人看来都到了可笑的程度。这种情形，我自然也看在眼里，疼在心里。

多绪经常向我哭诉木津的冷淡。可我每一次都觉得二人的不和远未到影响生活的程度，一旦由着多绪的脾气把事情闹大就不好了，所以每到最后，我反倒都变成了多绪的劝解人。而事实上，在我看来，木津跟中学时没有任何变化。他对多绪的态度多少是有些冷淡，不过，若说木津生来就是这种性格，这倒也能说得过去。所以，我虽是多绪在这个世上唯一能帮着拿主意的人，却从未顺着她的意思去做。说真的，我甚至从未真正地帮她拿过一次主意。因此，多绪去世后，我多少也有点愧疚。我兄妹二人孤苦伶仃相依为命，多绪短暂的一生便益发让我觉得凄惨，因而，我一直心痛。尽管十多年过去，可直到现在，每次想起妹妹，这种心痛仍会在我的心里复苏，让我受不了。

大概是多绪去世一两个月后的某日，我来到木津元介的家里。突然沦为一名鳏夫后，他的房间里处处都透出一种阴湿和脏乱。

当时，木津刚下班回来，西装都没脱，他把桌子搬到外廊，正托着腮在那儿发呆。由于多绪去世时是四月份，正是樱花盛开的时候，所以当时的季节不是春末就是夏初了。木津似乎并未发现我，在夜幕降临的昏暗外廊里一直盯着狭窄小院的某一点在发呆，直到我走近身旁跟他打招呼。发现是我后，他"呃"了一声。我猛然发现，他的脸上是那么忧郁，令我都有点吃惊。

我已经记不清当时为什么去找他了，只记得当时尽量避免提及去世的妹妹。由此看来，妹妹之死造成的创伤依然在我和木津的心里滴着血。想来，离妹妹去世的时间并不算久。

然后，我二人便在外廊里喝起酒来。也不记得我们是如何转移到那话题上的了，总之木津从书架上拿来一本厚厚的今译版《日本书纪》，翻开一页放到我面前，半强迫地让我读。内容则是安闲天皇以皇太子身份迎娶春日皇女为妃时的情形，开始是"月夜清谈，不觉天晓。斐然之藻，忽形于言，乃口唱曰"的前言，然后便是天皇对爱妃吟唱的歌以及爱妃的回歌。

以安闲天皇的"八岛国，妻难求，闻春日之乡有丽女，有好女"为开始的这节诗歌，我学生时代便在大学的课堂上听到过，当时颇为感动，至今留在记忆里。其中"妹手缠我，我手缠妹"这一直白描述性爱的句子也的确让当时年纪尚轻的我倍感瞠目。

可妃子随后所和的歌我却完全没有记忆。事实上，妃子的歌并非当时所和的歌，而是天皇驾崩时悲伤的歌，可不知为何竟被混入了这里，这一点也是我当时从木津元介那儿第一次听来的。

"这是天皇葬礼时妃子的悲伤的歌，这一点古来已有定论。且不管古人如何理解，关于这首歌的'心'，你个人是如何理解的？"

当时木津元介用他一贯的老练的措辞说完，又倒着将放在我面前的书瞧了一会儿，然后突然用异样的节奏朗读起来：

"隐口之初濑川有竹流来，隐竹、寿竹也。粗端造琴，细端作笛。乐人奏三室山，余登山远眺，唯见磬余之池，水下游鱼浮于水上，皆闻声叹也。大君拥天下，细纹御带，随风飘逸，人皆叹焉。"

木津怪异的语调很可能是他在学校授课时朗读课文的语调，不过在我听来却多少有些滑稽，甚至还有些跑调与悲哀。

他一本正经，缓缓地朗读完后，说道：

"你明白此歌的'心'吗？这难道不是一首悲伤的歌吗？肯定悲伤。因为它是天皇驾崩时妃子所吟的悲伤的歌。它是一首悲歌。当然是悲歌。不过，妃子对天皇究竟有没有爱情，对此我却持怀疑态度。还有比这更清晰更整齐的悲伤吗？这是跟爱情无关的悲伤，是完全跟爱情分离的。里面压根就没有一点妃子的恸哭。妃子看到天地间的一切都在悲叹，就为它们代言了。或许妃子对天皇并没有爱情。可天皇去世时她还是很悲伤。忍不住地悲伤。就是这样的一种悲伤。我是十分清楚的。"

木津元介半痴迷般地呓语着。起初我还以为是木津的脑子不正常了，可事实并非如此。不过是一种我无法理解的激情在侵扰着他而已。虽然，他平时感怀时也会突然心血来潮，说出一些武断的言辞，可伶牙俐齿的他今日竟如此絮叨，这对我来说还是头一回，我从未见他如此不苟言笑一脸严肃地盯着我说话。

我有点畏惧，插不上一句话，只得将酒杯一次次送往嘴边。他本人则继续在自言自语：

"完全不同的两首歌被并放在了一起。安闲天皇的歌中充满了爱情。这才是真正的爱情之歌。看来他是十分爱妃子的了。可妃子的心里却没有一丝的波澜。对一个心爱之人的死是无法这样吟唱的。可她依然很悲伤，十分悲伤。"

当这些话不知重复到第几遍的时候，我忽然意识到，他是不是借《日本书纪》中的歌谣在向我苦诉自己现在的心情呢。如此想来，他的一言一语中似乎的确透着一种辩解——向我这个妻兄解释他对生前的多绪的冷淡。想到这里，畅快的心情突然化为不快涌上我的心头。于是，当他再次用怪异的语调低低地口诵起"隐口之初濑川"时，我不由得说了一句：

"还有完没完！没劲！"

连我本人都感到了自己话中的残酷。听到此话，他忽然沉默下来，然后就在尴尬的气氛中默默地喝着酒。不久，他似乎不胜酒力，前去喝水，可正要走下外廊时，我见他身体一下跌倒，然后竟不顾体面地用两手撑着地，慢腾腾地站起来，跟跟跄跄地朝井旁走去。他的背影看起来又老又孤单。当时，连我都觉得，他的精神已经垮了。无论他跌倒时的样子还是爬起时的样子，还有那跌跌撞撞走路时的样子，无不透着一种不同于醉酒的无力感，透着一种心灵上的空虚。

大约三年后，木津元介应征入伍，后来在中国华北的前线病死，因而我也未能再次询问他当时的心情。可是现在，当妹妹与木津皆成故人后，我这才对自己那夜跟木津闹别扭的行为多少自省起来。那一夜，木津既未矫揉也没有造作，他是用那晚的言辞对生前几乎未感受到他爱情的年轻妻子之死表示强烈的悲伤。或者，他是用极其直白的方式向身为妻兄的我来哭诉自己的这种悲伤。

每当想起妹妹短暂且不幸的一生，想起木津之死，我总会想起安闲天皇的妃子所唱的那句"隐口之初濑川有竹"，以及木津那奇怪的语调。至于，木津对这节歌词的理解是否真的正确，我也再未调查过，直至今日。且不管他的解释是否妥当，总之，不知不觉间，那安闲天皇便带着一种亲切感印在了我的心里。可以说，作为上古时代的一位君主，他与其他诸神是不同的，他拥有十分人性的一面，是一位极具悲剧色彩的人物。

当我手持桑岛辰也邀我去看安闲天皇陵出土的雕花玻璃碗的书信时，我便产生了一股不顾一切想目睹一眼的冲动。也并非出于我对古代珍奇器物的好奇心，只因它是一件被用满含着妃子不可思议的悲调的歌唱所埋葬的一位古代君主的收藏物。

当我抵达京都的时候，已是临近十一月的某日黄昏，几乎是桑岛辰也用明信片为我指定的最后期限了。由于时间有点晚，我担心他的研究室快要关门，所以一下火车便赶奔那早已沉浸在校园暮色中的大学研究室去找他。

当时桑岛正准备回去，久别重逢的喜悦写在脸上。好险啊,你怎么连个电报都不提前打一下!——他毫不客气地责备着我。

房间里塞满了大大小小的玻璃陈列箱,箱子上、书架上、办公桌上,能放东西的地方全摆满了五花八门的器物以及奇形怪状的土制人偶和破瓦片等,颇为杂乱。而就在这杂乱房间的一角,我与三年未谋面的桑岛辰也对坐下来。

"这是你的房间吗?"

我打量着四下里问。

"大学毕业都多少年了?要一两间房子有什么好奇怪的。"

桑岛不卑不亢地说着,仿佛自己用天生的大嗓门所说的这句话有多么好笑似的,他一面笑一面在昏暗的房间内打开电灯开关。房间瞬时亮了起来,研究室特有的那复杂深邃的阴影被投向四处,在这阴影塑造出的谷中,桑岛那刚步入老年但比上次见面时更显疲倦的娃娃脸凸显出来,上面还挂着一种单纯的平静,除学问外对其他一无所知的平静。

"还能看吗?"

我问。

"安闲陵的玉碗?"桑岛说,"岂止是能看?你小子的运气简直是太好了。"

仿佛在说他本人似的桑岛面带喜色,然后便说起欲将正仓院的白琉璃碗与玉碗放在一起的荒唐事儿来，而且就在两三天后。

接着，桑岛辰也用从前糊弄我们时一样的语气向我灌输了一下玉碗的预备知识——简而言之，安闲陵玉碗就是如此这般的一样东西。

听了他的介绍，我这才第一次知道，这件人称玉碗的安闲陵出土的雕花玻璃器物竟大有来头，但凡对考古学稍有了解的人，通过江户时代的记录，几乎无人不知它的名字。当然，也只是记录中有记载而已，至于实物的下落则无人知晓。因此，这次偶然在布施市被发现，则是彻底弄清了记录中所说的这只"玉性不明"的碗，原来其"玉性"的真相便是今天的雕花玻璃。

在享和元年的《河内名所图会》的古市郡西琳寺一条中有如下记载：

"玉碗 本山之珍宝也，径四寸，深二寸八步，四周及底有星状圆形相连。玉性不明，距今八十年前洪水之时，安闲天皇陵垮塌，其中现朱等多物，此碗则混其中而出也。其地为村内田中某农家所有，藏于本寺。"

文化元年版的三浦兰阪《河内摭古小识》的西琳寺一条

中也有"玉碗安闲帝陵畔所出"的记载，足见其作为当时河内西琳寺的镇寺之宝颇有名气。

另外，在蜀山人、大田南畝的《一话一言》中也有"河内古市玉碗记"一栏，其中记录了国栖景雷与京都茶人宗达所撰写的两篇文章，藤井贞干的《集古图》中则载有这玉碗的图。

《一话一言》中所录的国栖景雷的文章是如此记载的：

"兵戈之后，里民掘此御陵，此里之长名神谷，其男仆自土中获玉盌一只，藏其家中百年有余，后献于西琳寺。"

从这些古时的记录来看，玉碗出土后在神谷家（《河内名所图会》中则为田中家）被传了百余年，后来被捐献给西琳寺，由于国栖景雷的记录成文于宽正八年，因此玉碗出土的时间，倘若从宽正八年往上追溯百余年的话，至少应是元禄年间才对。

即，玉碗是在元禄年间被从安闲天皇陵挖出的，当时随泥沙流出后，被藏于神谷家百年，后来又被进献给河内的西琳寺，成为该寺的镇寺之宝，十分有名。明治时代废佛毁释之时，随着西琳寺悉数被毁，玉碗也随其他的佛具宝物下落不明，杳无音信，只留下了上面的记录。

"玉碗的发现对我们来说自然是一件大事，可更有趣的是，此物跟正仓院的皇室御物白琉璃碗居然一模一样，因而又平生出一个更大的新问题。"

据桑岛讲，正仓院的皇家藏品，每一件都被认为是圣武天皇时代的东西，即主要都是8世纪的东西，可安闲天皇陵新出土的玉碗竟然跟皇室珍藏的白琉璃碗一模一样，如此一来，这皇室御物的所属年代也需要被追溯到安闲天皇时代而重新加以审视了。

"不仅形状大小，连雕花图案都如出一辙，所以这两个雕花玻璃碗，与其说是同一时代的作品，不如说是由同一人同时制造更为妥当。当然，关于正仓院的白琉璃碗，人们都认为它是从波斯经中国、朝鲜传入日本的。尽管不将两只碗放在一起便无法弄清楚，不过，或许它们原本就是一对吧。就算不是一对，那也很可能是经某人之手被同时献给日本朝廷的。然后不知从何时起这对玉碗又被拆散，一只传入正仓院，另一只则作为安闲天皇的陪葬品被埋进了土中。然后在历经一千几百年的岁月后，两只碗又要被摆放在同一处——虽然此事三天之后才能变成现实。怎么样，你不觉得有趣吗？"

桑岛说。

两个外来的雕花玻璃器物，历经多舛的命运，在时隔千余年后再次相聚，这是一件怎样的事情？正由于它们是没有感情的器物，因此它们从来就没有那种忧郁的情感，这只能说是两件器物的命运轨迹所发生的交集，而这种交集又带着一种物理性的纯洁，让人感到一种美。甚至连我这个门外汉都不由得产生了一些兴趣。于是，仿佛又回到了学生时代一样，在桑岛那独具特色的话术的煽动下，我不禁答道：

"真想看一眼啊，倘若方便的话，届时也带我去吧。"

我在吉田山腰的一家小旅馆住了下来。故地重游，这晚秋季节的前半天，我是在眺望窗对面山坡上那赤松的粗糙树皮中度过的。由于在京都的三年学生生活中有一年是在这吉田山腰的某民宿中度过的——当然，那家民宿如今早已不在——所以，放眼望去，一切都带着一种似曾相识的感觉。下午时我去了一趟四条，然后乘市内电车去了西边的郊外，从北野一直逛到等持院。这是我学生时代在星期天等节假日常走的一条路线。来到繁华的市中心后，心里总觉得不平静，于是朝北野方向走去，因为那儿仍跟从前一样，令人保持着从前的心境。从傍晚到晚上，天空一直阴沉沉的，仿佛要下阵雨的样子，可半夜开窗时，始带严冬感觉的月亮早已升上了水一样青蓝的天空。

次日，我如约在京都火车站跟桑岛辰也会合，然后去大阪，赶往布施。从这天到次日，两天的行程我全交给了桑岛辰也。桑岛给我制定的日程是，上午在布施市的N家观赏所藏的玉碗，下午则去古市，依次拜访三个地方：与玉碗渊源颇深的安闲陵与西琳寺，还有在江户时代曾珍藏过玉碗的当时的神谷家。不过这日程未必是为我个人专门定制的，他本人似乎也有私心，想重新目睹一下玉碗自安闲陵出土后仍因缘不浅的地方与场所。——尽管起初时我以为他是专为我腾的宝贵时间，心里还有点过意不去。

"学者是根本不会陪着游客玩的。你做人太天真，所以才成不了学者。不过也幸亏如此，你才不会被穷神附体。"

桑岛说道。虽然口头上这么说，可事实上他向来是将晨礼裤当作平常裤子来穿的，外加一双军靴。这副打扮怎么看都不像是一个被穷神附体而远离时髦的人。可尽管如此，他的身上依然透着一股考古学者的气质，一种任何人都模仿不了的清高。

我们在布施市的世家N家的客厅里等了半个多小时后终于看到了玉碗。玉碗所以能被发现，据说是因为今年夏天的时候，河内乡土文化研究会——当然桑岛也是该会的主要成员了——曾在大阪B报社的礼堂举办过一场报告会，报告人是东京的I博士，题目是"飞鸟时代与河内西琳寺"。报告会结束后，这位N家的年轻主人便拿来一个包袱，要求给鉴定一下，于是才发现了此碗。

"这只能说是一种佛缘了。毕竟，作为西琳寺的镇寺之宝曾一度闻名遐迩的东西，偏巧又在西琳寺报告会的当天被带了回来。"

桑岛在N家的客厅等待的时候，将事情的始末告诉了我。

不久，一个包裹便被N家的主人——一位青年放在了我们面前。桑岛毕恭毕敬地将包裹打开，从包袱里取出一个白桐盒子，再从桐木盒子里取出一个旧布包着的盒子。桑岛应该在三个月前就已经见过玉碗一次了，可现在竟像是第一次接触似的，脸上分明带着一种兴奋。盒子被打开后，里面是一个锦缎包裹。解开锦缎包裹的带子，展露在我们面前的，是一个原本碎成十片后来又用漆粘起来的玻璃器物。白色中略透着几分黄色，的确很精美。桑岛递给我的时候，在院子光线的映照下，有些小水泡般的东西从玻璃面上浮现出来。这就是安闲天皇的珍藏品啊，这分明就很新嘛，哪有一点古器物的感觉，新得都让我有点意外了。

内盒是黑漆的，盒盖上用金漆彩画绘有"御钵"字样，内面则依然是用金漆彩画绘制的字：

宽正八年三月良辰笔

长吏宫仰书铭

弘法大师御流入木

道四十二世书博士

加茂保考

据桑岛介绍，铭文的笔者加茂保考即史上著名的书法家冈本保考。

另外，外盒底部还有毛笔书写的四行字，内容是"神谷家九代源左卫门正峰捐赠西琳寺"。

桑岛还向我解释说，铭文中所谓的"长吏宫"贵人，经调查确认为圣护院门迹盈仁法亲王。然后，当年轻的主人起身离座时，桑岛又告诉我说，这N家世世代代都任村长，其中明治维新后还出了一位郡长，是当地的世家，所以藏有这种东西也不足为奇，云云。

待了一个来小时后我们辞别N家，然后赶奔大阪。在郊外电车上摇晃了三十来分钟，在古市车站下车的时候，已是三点左右。今天的计划应该是参观西琳寺旧址与此地的世家，拜访古记录中以神谷家或是田中家的名字出现的森田家。由于在这儿多耗了些时间，且冬季白天又短，我们担心最重要的安闲陵时间不够用，便决定西琳寺旧址和森田家只在前面走马观花一下。听说森田家在建筑专家的眼中是一座颇有名气的数百年古宅，我急忙冲进去，在冰冷的泥地房间里转了一圈。在N家看玉碗时，个人感觉除了新之外再无新奇之处，而在森田家，头顶高悬的大梁那刚健的木结构之美、与宽大的泥地房间里发出的冰冷古气息则让我瞠目不已。

不仅是森田家，古市的房屋处处都是在中国华北常见的那种土屋顶的矮房子，有如古朝鲜归化人的部落，另一方面，行人稀少的路上却充盈着一种日本古街道的奇妙的明快感，真是一座与众不同的古镇。

我跟桑岛一面在古市闲逛，一面朝安闲陵方向走去。途中来到一条新路，由于地势稍高，以古市城区为中心的河内平原尽收眼底。

"这一带从前曾是大和朝廷的墓地。"

桑岛说。像小岛一样散落在平原尽头的数座丘陵几乎全是陵墓。雄略天皇陵、应神天皇陵、仲哀天皇陵、清宁天皇陵……桑岛一面指点着平原远处的四方形，一面向我依次介绍在我看来无非是些覆盖着普通树木的小丘陵的古陵。当然，既然是陵，当初的人工痕迹肯定是鲜明的，可经过了长年累月，山形已变，树木丛生，如今已彻底融为自然的一部分。我们站在这片我国最大的古市古坟群的正中央，也许是心理原因吧，四面的风景竟也带着一种暗淡和冰冷的沉寂感。

当我们来到古市城区南面的目的地安闲陵前的时候，午后一直阴沉的天空终于变坏，阵雨眼看着从平原北方逐渐逼近，不久雨点便落到了我们的头上。

我们冒着被淋湿的危险走到陵墓所在的丘陵上面。从前，恐怕整座丘陵都被当成了陵墓区域，而如今，重要的陵墓则被规划在了丘陵的局部。一条宽阔的道路从西琳寺爬到丘陵上，路边则散落着几户人家，以及他们的田地。

据桑岛介绍，这座丘陵被称为高屋丘陵，战国时代的畠山氏曾在这儿筑有高屋城。据说其主城就在陵顶，如今环绕在陵周围的壕沟便是当时城郭护城河的残留。

桑岛说，玉碗混在泥沙里一起流出或是被当地民众徒手挖出，很可能就是在畠山被织田军队攻陷，主城被烧毁的时候。看来，战国兴亡的浪潮甚至连玉碗沉睡了千百年的安闲陵都未能幸免。——漫步在雨中，我不由得对此产生了一些感慨。

我们拜过安闲陵，然后绕陵一周，来到距此约两丁①远的妃子春日皇女的陵墓。墓周围没有一个人影，只有一些稀稀落落的杂树伫立在雨中，叶子红彤彤的，任由着雨点蹂躏。

---

①约220米左右——译注。

我们一面不时在树荫下避雨，一面在两座陵所在的丘陵上溜达了近一个小时。桑岛似乎发现了疑似玉碗出土的目标点，一度折回安闲陵背面。我则站在路旁稍远的一处树荫下，等待桑岛。但见他一面竖起西装领子防止细雨淋入后颈，一面快步走去。可等了半天始终不见他回来。我叼着烟久久地等待，就在我眺望着从西北的安闲陵与对面春日皇女的陵上面横扫而过的雨脚之际，两座陵上的茂密树丛竟忽然间映入了我的眼帘，宛如两个巨大生物在扶摇翻动，沙沙作响。以前我曾在四国看见过海峡潮水的涡旋波纹，而眼前无数树木的摇动竟一如那涡旋波浪的翻滚，深邃无比。

这时我才忽然意识到，安闲天皇与春日皇女这两位古代贵人的灵魂就沉睡在这两处树林底下。且不说妃子歌词"隐口之初濑"中的悲调是否真如木津元介所解释的那样，可千百年前的那一日，恐怕这悲调也同样是作为无声的音乐冰冷地掠过了丘陵上的树丛吧。

当夜，我跟桑岛在古市城边的一家小旅馆住下来。因为雨越下越大，我们二人的西装也全已湿透，因此我们改变了原来的行程，不再去我们共同的大阪朋友K家，而是去古市住下来。次日便是安闲陵玉碗与正仓院白琉璃碗这两只雕花玻璃碗在奈良被放于一处的日子，倘若我们早晨及早动身，届时应该能赶到奈良的。

毕竟是溜达了一整天，我和桑岛都累坏了。房间的窗户上没有套窗，雨点直打在窗玻璃上，潮湿的空气弥漫在灯光昏暗的房间里。

晚饭时，一壶酒就把我身体里的疲劳彻底激活，让我连酒杯都懒得端了，可桑岛却截然相反，酒一下肚似乎立刻就恢复了精神，在我躺下后仍独酌了好多壶。

"别管我，你先睡吧。"

由于桑岛频频劝我，且见他九点了都还没喝完，也不知他何时才能喝到头，我决定不再陪他，便让女仆在旁边铺好床躺了下来。

"我想，两只雕花玻璃碗全都是波斯萨珊王朝的东西。它们翻过遥远的葱岭，穿越沙漠，经过丝绸之路进入中国，然后再经朝鲜由百济人之手来到日本。当时正是安闲天皇时期，或是他仍为皇太子的时期。"

桑岛大概以为我仍在倾听，不时把视线投到我身上。随着酒兴上来，他越发健谈，继续说着这事。

"这东西是每人献了一个，安闲天皇一个，妃子一个。"

"真的？"

"啊，反正我是这么认为的，随口一说。就好比是一名考古学者的额外收获吧。喝酒的过程中我又想了想，这里面哪有什么战争之类。妃子年轻貌美。年轻是肯定的，用不着推测。记录上记得清清楚楚，跟天皇的年龄差了好多呢。有一天，妃子的这件珍贵器物就被人给盗了。"

"怎么说？"

"怎么说？一半推测一半事实吧。理由嘛，《日本书纪》上有璎珞（首饰）遇盗事件的记载。这里的璎珞很可能就是器物吧。于是，这被盗的器物就被高价出售给了某富豪。然后就被那富豪家世代相传，有一次又被敬献给了圣武天皇，于是随着天皇之死就被收藏进了正仓院。另一件，安闲天皇的玻璃器物则作为天皇的陪葬品被放进了陵墓。时过几百年后陵上面又冒出一座城来。又经过三百年后那城也被战火焚毁。战火的当晚废墟坍塌，还出现了发光的东西。百姓们便用铁锹挖掘。结果挖是挖出来了，可器物却被铁锹碎成了十片。百姓大概觉得东西贵重，就把残片全收集起来，带到了村长家。而那个村长家便是咱们今天去的森田家的那房子。"

桑岛喋喋不休，怡然自乐。他那年轻时蛊惑伙伴的能言善辩的风采，又带着一种久违的亲切回到了耳边。

"你上课时也是这样子吗？"

我问。

"差不多吧。考古学这东西基本上不就是这么回事吗？你别打岔，好好听就是。然后——"

我心不在焉地听着桑岛的话，不知不觉间他的话语混在雨声里逐渐远去，不久便坠入了我的梦中。

半夜醒来时，饭桌已然被整齐地收在房间的角落，桑岛正跟我并床而眠，发着轻轻的睡息声。

雨似乎停了，敲打在玻璃上的雨声也没了，户外静悄悄的，一丝声音都没有。大概是傍晚就睡下的缘故，大脑在充分睡眠后格外清爽。看看钟表，才刚过两点。我闭上眼睛，想再睡一觉。

闭着眼睛，我不由得想起入睡前迷迷糊糊听到的桑岛妄加揣测的那两件雕花玻璃器物的话来，伴随着一点点回忆，他的话竟带着一种清晰的现实感在我大脑里复苏起来。就在我思考桑岛所说的妃子器物被盗一事之际，那器物竟如妃子爱情的象征一样，倏地潜入了我的脑海。

尽管桑岛说妃子的器物很可能是被盗，可在器物失窃的同时，妃子会不会也同时失去了爱情呢？或许，失去玉碗的妃子在安闲天皇葬礼的时候，也只能吟唱"隐口之初濑川"这首被木津所指摘的悲歌了。

我出奇清醒的大脑一直在思索着这件事，一想到两件古器明天就要被摆放在同一处，一股莫大的感动竟突然间贯穿了我的身体。因为我觉得，这只能是两件器物所象征的安闲天皇与妃子的长相离的爱情在时隔千百年的岁月后的再度重逢，而绝非别的。

次日是一个爽朗的晴天，一丝云都没有。

我们八点前离开旅馆。早晨的凉意不像是晚秋，更像是初冬。去火车站的途中，桑岛自嘲般地说起昨夜独饮之事，说倘若饮酒是最快乐的时刻那就说明作为一名学者他已经完蛋了，说完还害羞地笑起来。

我们先来到大阪，乘电车赶往奈良。到达奈良后时间还富余两个来小时，二人便在时隔多年后再次逛起了奈良城。

正仓院中仓的走廊里铺着绯红的毛毡，当从中仓的架子上被取出的白琉璃碗与从布施的N家借来的安闲陵出土的玉碗被同时摆在毛毡上的时候，时间已是下午两点多。参加人员很有限，只有京都大学的U博士与考古学教室的人们、正仓院相关人员，外加一个我。

为了不妨碍他们对两件古玻璃器物进行对比调查，我刻意站在稍远的地方，当两件器物被从盒子里取出时，我越过众人的肩膀放眼望去。

由于此前我一直在凝视洒满晚秋午后阳光的堂外幽静的风景，所以当两件器物映入眼帘时，起初我竟未能分辨出它们的形状。直至眼睛随着对走廊昏暗光线的适应，那略发黑的绯红毛毡终于显出红色时，我才看出有两个形状完全相同的玻璃器被紧挨着放在一起。然后，轮廓也逐渐清晰起来。

弯腰端详的U博士、站在博士对面俯视的桑岛，以及只把脸从一旁探出来的三名年轻的研究室相关人员，一瞬间大家全都像雕塑群一样，静止不动了。

我也不例外，想看一看那两道命运的曲线——以波斯湖畔为起点，然后径直向东，沿地球东半部表面任性地跑了大半圈的两件器物所划出的两道命运曲线——在碰撞的瞬间所发出的清洌火花。

并且，我还想目睹一下这两位古代高贵之人的爱情，在时隔漫长岁月后即将邂逅的一瞬间那小小空间所产生的变化。

当时，我看到雕刻在两器物玻璃面上的星形图案一个个闪着冰冷刺目的淡红色光辉。玉碗和白琉璃碗各自是俨然由三十几个淡红的辉光所凝成的半圆固体。尽管如此，两件器物依然各带着自己的宁静紧挨在一起。

这时，我忽然察觉到，不知何处传来一种自来水溢出般的声音，的确是水溢出的声音。我不由抬起脸环顾四周，可此时水声已然停止。

我以为是某处——比如架设在走廊下面的自来水管或是输水管，是那里的水溢出来了，可这水声一旦消失，竟再也听不到。令我不可思议的是，水声那么近，且那么大，现场众人的注意力居然一瞬都未被夺走。

我一面纳闷一面将视线再次投回绯色毛毡上，仿佛跟刚才所见的器物完全不同，眼前只有两件微微泛黄的玻璃器物并放在那儿。我刚才看到的感觉略大些，通体都闪着一种醒目的淡红色。当然，也许是下面铺垫物的绯红色映入眼帘的角度问题，才让我产生了那种错觉。

我再一次隔着众人的肩膀望望两件古代玻璃器，映入眼帘的跟最初看见的那种光辉已完全不同，完全成了另一种东西。

我再也不愿继续去看那两件玻璃器。哪怕只是一瞬，既然看到了那么美的东西被放在了那溢水般的清脆声中，就已经足够了。因为并非考古学者的我并不想从这两件古代玻璃器上夺走除此以外的任何东西。

我朝桑岛使了个眼色，想尽早一个人静一静，便从已开始对两件器物进行实测的人群边走开。

离开正仓院那孤寂的古建筑后，为了打发等待桑岛的时间，我朝一条被两侧树木遮蔽了阳光的昏暗小路走去。

我不禁想，在没有阵雨的今天，安闲天皇与春日皇女的两座陵依然静静地并立在河内的小丘陵上吧。并且，浮现在我眼中的两座陵像真的玻璃绘一样被清冷宁静地定格在了晚秋的风景中。

不知不觉间，我又浮想起木津家的墓地来——妹妹多绪下葬与木津元介举行村葬时我曾去过四国小豆岛的那块能望见大海的墓地。二人沉睡之处的那小小墓石如今也每日都在遭受着风吹雨打吧。木津的爱情与多绪的爱情有如那两件古代的器物一样，有朝一日也会相逢的。而在这一日到来之前二人的悲伤也绝不会消失，说不定现在正流淌在这晚秋的清澈空气中呢。我一面浮想联翩，一面思忖，反正都到这儿了，那就索性再伸伸腿，到战争结束后从未去过一次的那座充满臭氧的小豆岛丘陵，去祭拜一下那一方整齐的小墓地吧。

（《文艺春秋》昭和二十六年八月号）

# 异域之人

いくにものひと

班超字仲升，是《史记后传》的作者班彪之子，建武八年（公元32年）出生于平陵。其兄班固是东汉时的儒者，作为《汉书》的作者十分有名。班超自幼胸怀大志，刻苦攻读，广涉经传，不知疲倦。兄长班固应召做了校书郎后，班超便靠给官府抄写文书谋生，在贫苦中赡养着父母。有一次，他投笔感叹说："大丈夫无他志略，犹当效傅介子、张骞，立功异域，以取封侯，安能久事笔砚之间乎？"这便是《后汉书·班超传》中的记述。傅介子是元帝时期的人，曾出使西域，刺杀过楼兰王，被封为义阳侯，张骞则是汉武帝时的西域开拓者，被封为博望侯。

班超加入匈奴讨伐军出使西域是在永平十六年（公元73年），当时四十二岁。而在此之前，他的事迹知之不详，只有聊聊几行文字粗略描述他的前半生。

班超长大成人是在光武帝以及汉明帝的历史时期。毋庸赘述，光武帝自然就是那位从篡位的王莽手里实现汉室复兴的东汉世祖皇帝。明帝则是光武帝之子，是一位以英明著称的天子。光武帝、汉明帝的历史时期，国内大治，正是汉室基业逐渐巩固的时候。

在这样一个时代里，胸怀大志的青年无不向往西域。因为除了西域，再也找不到一处赤手空拳就能立功封侯的地方了。张骞在汉武帝的西域经略中立下赫赫功勋，他的冒险精神依然在鼓舞着世人，想做大丈夫的人都梦想着成为第二个张骞。

而且，汉武帝一手经营的西域被王莽之乱毁掉，一直处于放弃状态，任由匈奴掳掠。

班超一直希望，只要有机会就效仿傅介子和张骞，在西域建功立业，可他等到四十二岁机会都没来。光武帝对劳多功少的西域经营并不积极，明帝也忙于国内，无暇顾及与异民族间的事。

北匈奴开始威胁西域掳掠河西是从汉明帝晚年时期开始的。匈奴的暴行愈演愈烈，边境的郡县大白天都城门紧闭。从汉朝的角度来说，为保护河西必须要与西域保持通交，而要与西域保持通交，则必须驱逐在北边游牧的匈奴。

永平十六年，汉朝廷终于决定讨伐匈奴。二月，窦固与耿秉二将受命，率兵离开边境附近的酒泉塞，北进大漠，击败匈奴的呼衍王，占领了其根据地伊吾庐。

战役结束的同时，统帅窦固派使者去西域要求通交，此时被选中的正是班超，出使的身份则是假司马。为出使遥远的异域，他与三十六名部下一起出了玉门关。

班超身材魁梧，个头比任何一名部下都强壮。乍一看，他形体硕大，长相憨厚，可眼睛却异常敏锐，带着一种异样的光。并且，他还有一个习惯，开口前总是先用眼睛盯对方。被他盯住的人无一例外都会产生一种畏惧。尽管平日里沉默寡言，可一旦开口，他便会用浑厚的声音谆谆地说个不停。

当时，西域地区有三十多个城市小国分布在塔里木盆地周围。位于天山山脉南麓的有车师前国、车师后国、焉耆、龟兹、姑墨、温宿、疏勒等以城郭为中心的都邑，这些国家统称为北道诸国。

另外，昆仑山脉的北麓则有于阗、莎车等数个小国，统称为南道诸国。而离汉朝最近，无论去北道诸国还是南道诸国，都要路过一个必经之地则是——鄯善。

三十多个小国所分布的地形，倘若借用《汉书·西域传》的话来说，便是"皆在匈奴之西，乌孙之南，南北有大山（天山山脉与昆仑山脉），中央有河（塔里木河），东西六千余里，东则接汉，扼以玉门、阳关，西则限以葱岭（帕米尔高原）"。他们的居民属于雅利安人种伊朗系种族，当时被汉人统称为"胡人"。

班超与三十六名部下出了玉门关后,在沙漠里走了十六日,除了死人的枯骨外什么都看不见。完全是名副其实的"上无飞鸟下无走兽的沙海"。第十七日早上,他们来到一片与昨日完全不同的盐质坚硬土层上,又走了一日后,他们远远地望见了一座城邑——鄯善国。

鄯善国王广身着汉服,隆重地接待了班超。班超在这里逗留了数日,一天,他觉得对方忽然对自己疏远起来,便知匈奴的部队已逼近该国。

班超神情严厉地问一名服侍的鄯善人:

"匈奴的使者应该已经来了。他们现在哪里?"

鄯善人面露惧色,回答说:

"三日前到达,现在正聚集在三十多里外的一处地方。"

班超当机立断,当夜便在烈风中偷袭了匈奴的营地。并趁风放火,使营帐陷于混乱,然后趁机斩杀匈奴使者及随从百余人。这是班超在异域的第一次战斗。

次日早晨,班超将匈奴使者的首级呈给鄯善王,使其发誓臣服汉朝,并将其儿子纳为人质。

班超在鄯善国逗留了一个月,归国后,凭借这次的战功被晋升为军司马。

此后同一年,班超再次奉命出使西域的于阗国。同上次一样，班超仅带了上次随行的三十六名部下。窦固想为他增加一些兵力，班超并未接受。出使绝域者，须齐心协力，兵力多寡并不重要。

班超一行再次翻越流沙，穿过鄯善，沿南道进发，出玉门关三十多日后抵达于阗国。就在快要进入于阗之际，一片沙漠横在了眼前。因为热风，班超在这里失去了三名部下。由于于阗是匈奴的属国，因此跟鄯善国不同，一行人这次受到了冷遇。

当时，该国巫术盛行，一名巫师向国王献言说"汉使有一匹浅黑色的马，赶紧要来祭祀"，于是，国王广德便派使者找班超要马。

班超要巫师自己来，巫师刚来，班超便将其斩杀。广德十分害怕，便将匈奴派往本国的官吏全部斩杀，并将自己的儿子交为人质，发誓臣服汉朝。

就这样，鄯善、于阗臣服汉朝，南道在时隔五十多年后再次与汉朝实现通交。这一年，在班超远征的同时，窦固、耿秉率领的主力部队也在对匈奴的作战中取得辉煌战果。十一月，他们从敦煌北方的昆仑塞出兵，直击匈奴，并进入西域追缴残敌，将兵力推进至北道的车师后国、车师前国，迫使其投降。

班超于次年的永平十七年第三次进入西域，出使地处西域腹地的疏勒国，距离洛阳有一万三百多里。当时的疏勒国，国王被邻国龟兹所杀，王位也被龟兹人兜题霸占，国内怨声载道。城内驮着棉花与羊毛的驴子穿梭不停，滔滔的疏勒河流过城北。

为拯救疏勒免遭龟兹人奴役，班超奔赴兜题的居城，趁机杀死兜题，并将已故国王兄长的儿子忠扶上王位，得到了国民的拥戴。

当时疏勒是一个户数为两万一千户的城邑，兵力有三万余。班超发现此处是经略西域的一个绝佳据点。为留在此地，他派使者上报将军窦固，得到了许可。

就这样，鄯善、于阗、疏勒、车师前国、车师后国，全都臣服了汉朝。至此，汉朝恢复了西域都护，任命陈睦为都护，耿恭为戊校尉，关宠为己校尉。

陈睦与耿恭驻扎在车师后国的金蒲城，配数百士兵。关宠也率数百名屯田兵驻扎在车师前国的柳中城。留在疏勒国的班超则决心埋骨异域，将妻儿从老家叫来。

可是，明帝时期的这种西域的安定局面连半年都没能持续。第二年永平十八年（公元75年）初，汉朝就早早地从北方感受到了匈奴要夺回西域的苗头。

三月，匈奴突率两万大军杀来，包围了车师后国。金蒲城的陈睦与耿恭率三百士兵迎敌。当时耿恭事先通知匈奴说，要让他们尝尝汉军神箭的厉害，然后命人向敌军放毒箭，使匈奴阵营发生动摇。然后趁暴风雨偷袭了敌营，将匈奴赶回北方。

为防匈奴再次来袭，五月，耿恭从金蒲城分兵转移至小城。

七月，匈奴再度前来进攻，将陈睦与耿恭分割包围。进攻耿恭的匈奴断了城外的溪水，使城内严重缺水，苦不堪言。耿恭便命人挖了一口十五丈深的井，结果连一滴水都没能得到。于是，他正了正衣冠，朝井敬拜，祈祷了数刻后，清水竟从井里喷涌而出。敌军获悉后，以为是神明保佑，便自行退去。

八月，汉明帝驾崩，汉朝举国举行国丧，玉门关被关闭，连一名援兵都未派。因此，车师后国背叛，与匈奴共同起兵，其他西域诸国也一个个举起反旗。

这年十一月，龟兹、焉耆两国攻陷金蒲城，将都护陈睦及两千汉军全部屠杀。匈奴则与之呼应，进攻关宠镇守的柳中城，关宠在敌军的围困中阵亡。

就这样，在噩耗频传的局面下，车师后国与匈奴的大军包围了耿恭的居城。耿恭被围困数月，部下只剩数十人，却仍未弃城。匈奴派使者劝降，耿恭将使者斩杀。

而在汉朝内部，章帝取代明帝即位，不久对外政策上也出现了变化，汉朝废除西域都护，从异域撤军。

为援救困守孤城的耿恭，汉朝派出七千士兵，时间是建初元年（公元76年）正月。

援军进攻车师前国的王城交河城，取敌首级三千八百颗，俘虏三千余人，缴获骆驼、羊只三万七千头。营救耿恭的两千名分队士兵，冒着一丈多深的雪，将濒临饿死的耿恭及部下救出。当时打开城门的时候还有二十六名生存者，可在归国的途中，又有一些人陆续死去，三月入玉门关之时仅剩了十三人。

在这样的形势下，在腹地最深处的疏勒国的班超与疏勒王忠并肩战斗，抵抗龟兹、姑墨的进攻军队。可正在这时，使者赶来命班超归国。这对班超来说有如一个晴天霹雳。

班超正要踏上归途，疏勒的民众却苦苦挽留，说一旦汉军离去，疏勒将立刻沦为龟兹的牺牲品，甚至还有一名都尉当着班超的面自尽。

班超与部下共同撤至于阗，结果这里也出现了同样情况，王侯等人全都号啕痛哭，更有几名于阗人甚至抱住他的马腿不让他离开。

班超在于阗的王城前遇到了第二次命他归国的使者。使者报告说耿恭已被救出，不日即将与援军共同回国。

班超不禁浮想起身材短瘦样貌与自己完全不同的耿恭来。班超喜欢耿恭这位身出名门的年轻将军。这次的守城战历时一年有余，并未辱没耿恭的名声。倘若援军未到，他肯定会饿死。而且，即使饿死他也绝不会放弃这座异域之城的。班超知道，只有自己才能体会到耿恭那无法用语言形容的苦难。很明显，归国并非耿恭的本意。

"我决定留在这里。您也知道，于阗的百姓不愿我东去。我要再次返回疏勒。请把我的情况好好转告耿恭。"

班超对使者说道。

班超率领妻儿及二十多名部下再次返回疏勒国。当时正是城下的杨柳渐渐发黄的时候，流过城塞旁的河的对面已能望见黄沙直上的沙漠。班超停下马，望着自己的埋骨之地，出神了半天。

班超走后，疏勒国立刻就发生了暴乱，班超将私通龟兹的六百人斩杀，瞬间让疏勒的局势恢复了稳定。

班超在疏勒留了下来，却绝未干预该国的内政。他成了国王忠的专职军事顾问，只把兵马实权握在手中。班超喜欢这位擅长骑马与弓箭的精悍英俊的年轻国王忠。而忠也敬重班超的人品，奉他为上宾。

建初三年（公元78年），由于姑墨倒向疏勒的敌国龟兹，与疏勒为敌，班超便率疏勒、康居、于阗、扜弥的一万兵力沿于阗河、塔里木河流域的沼泽地带北上，途中取道沙漠，突袭敌阵，取敌首级七百，完成了一次单程长达一个月的远征。

班超远征回来后，立刻向汉朝廷上疏，建议采取以夷制夷的方略：

"臣窃见先帝欲开西域，故北击匈奴，西使外国，鄯善、于阗即时向化。今扜弥、莎车、疏勒、大月氏、乌孙、康居复愿归附，欲共并力破灭龟兹，平通汉道。若得龟兹，则西域未服者百分之一耳。"

他的长篇上疏便是这样开始的。作为攻打龟兹的方略，班超献言说可任命龟兹所交的侍子白霸为王，令其领兵攻打龟兹；他还建言说莎车、疏勒土地肥沃且辽阔，足以供给汉朝派遣军队且还有富余，要求出兵讨伐龟兹。

这是一种运用夷狄兵力使用夷狄粮食的外征政策。班超从数年来随他在异域共同征战的部下中招募一名使者，让其携带上疏。

结果一名赵姓的人主动请缨，愿意完成使命。赵某是一名性格诚实的中年部下，为了班超，任何情况下都不惜牺牲生命。操起兵器神速无比，令人惊叹。班超也认为携此重任远赴一万数百里外的故国非赵某莫属，可他还是将重任交给了其他人。

"为何不将这大任交给我？"

赵问。

"我完全无法预测朝廷能否接受这建议。因为很少能有人了解西域情况。我估计成功的可能性仅有百分之一。因此，我不想断掉自己的一条腿。"

班超如此回答。在这样的异域，他不想放走自己最信赖的左膀右臂。

但是，尽管班超担心，可汉朝廷还是采纳了他上疏的建议。

汉章帝立刻命徐干为假司马，从全国的罪人中招募了一千志愿兵，让徐干率至西域营救班超。

徐干的部队到达疏勒之时，班超正腹背受敌，身陷苦境。莎车背叛汉朝与龟兹共同举兵，疏勒国内也出了叛逆。

班超与援军合力，首先平定了国内叛乱，杀死了一千多名叛逆。班超将讨伐龟兹的事情暂时搁置，他再次上疏汉朝廷，建议宣抚乌孙。

汉朝廷与班超之间的使者来往越发频繁。通过其中的一名使者，班超获悉了一些有关自己的风闻，说是有人在洛阳诽谤自己不可信,还说自己身在异域,竟携爱妻爱子,贪图安逸,早就失去了报效祖国之心。

班超不久便得知,原来这位诽谤者就是因为自己的建言被派往乌孙做使者,结果中途受龟兹所阻,最终未完成使命回国的一个人,名叫李邑。不过,他对这李邑并不怎么生气。反倒对故国的人心更愤怒,因为这么一个小人的几句诽谤就让人们轻易相信了。

班超决定让妻子回国。他从城内居室的石窗里望着骑在驴背上的妻子与骑马护卫的一行人向东远去。不久,遮天蔽日的沙尘便将妻子那渺小的身影从他的视野中夺去。

汉朝廷再次派使者取代李邑出使乌孙,乌孙答应通交,并将王子送入汉朝廷做人质。不久,乌孙国王派遣的使者带着礼物,也来到疏勒的班超处。此时,距离班超让妻子回国已有约半年。

班超盛情招待了远道而来的乌孙使者,说:

"贵方想用所带的东西换什么,希望能坦诚相告。"

乌孙使者觉得他的话有些夸张,便说:

"我们想要您第十珍贵的东西。"

"我最珍贵的私有物已化为与贵国通交的基石返回故国了。剩下的已没有一样特别珍贵。"

班超回答说。

次年元和元年（公元84年），为了襄助班超的西域功业，和恭等八百将士又被派了过来。

班超得到新的援军后，开始讨伐莎车。可在这次的作战中，多年来一直与班超同甘共苦的国王忠却背叛了他，因为忠收了莎车的贿赂。

班超想立宰相成大为王讨伐忠，可由于康居国出兵支援忠，计划失败。忠与康居的援兵共同远去。忠的反抗让班超对夷狄人的心十分费解。两年后的元和三年，班超俘虏了率领康居军队攻来的忠，班超拔刀站在忠的面前。他曾经深爱的这位年轻旧主的眼里燃烧着憎恶的火焰。但他不明白是何种憎恶。胡鬼！班超一声怒喝，忠人头落地。

从这时起，生性沉默寡言的班超愈发不爱说话。

章和元年（公元87年），班超征调疏勒、于阗等各国二万五千兵力，再次攻打莎车。在这次的对阵中，班超听到一些风闻，说是他的部下赵秘密娶了一名于阗姑娘为妻，并且赵因受爱情所累丧失战斗意志等。班超并未在意。可当同样的风闻再次传入耳朵时，他将赵叫来，确定真伪。

"没错。"

赵坦然回答。

"可是，我却绝未因此丧失战斗意志。无论多么危险的命令我都愿意接受。"

他回答说。

班超觉得赵的话里没有一丝虚假，可他还是命赵即刻将那名女子送回于阗。

赵接受了命令，立刻将女子带到了班超面前。这是一名戴耳饰的少女。赵给了她一头驴和水瓶。少女号啕大哭的声音久久萦绕在班超耳畔。他自己曾做过的事让赵也做了一遍。

第二天，女子的尸体便在莎车与疏勒间的耕地里被发现，胸部插着两支毒箭。她是在回于阗的途中被莎车的士兵杀死的。

为埋葬女子尸体，班超命人寻找赵，可找遍部队也未发现赵的影子。班超亲自寻找也没用。因为多年来与他同甘共苦的这名部下已经逃了。

在这次作战中，班超突袭了莎车与龟兹的联军，取敌首级五千，俘获大量马匹财物。一回到疏勒，他就四面派人，继续寻找赵的下落。可是赵杳无音信。

这一年，长期反抗的莎车王终于投降。

在汉朝国内，永元元年（公元89年），章帝驾崩，其子和帝即位。

不知不觉间，距离班超首入西域出使鄯善已过了十七年岁月。此时的班超已五十八岁。由于他常年奉行武力与外交政策，南道各国都臣服在了汉威之下。

但是，北道尚有龟兹和焉耆两个敌国。这两国自恃匈奴的力量，仍强硬地反抗班超。

班超也唯有这两国未能进攻。因为这两国远隔沙漠，征伐任意一国都需要一月有余的长途行军。虽然他能够集结北道各国的兵力，但可以仰仗的汉兵却很少，很难给混着凶悍匈奴兵的龟兹、焉耆联军以彻底打击。

自从在南道的唯一朋友莎车投降班超后，龟兹和焉耆便不再发动大军远路进攻，不过，混着匈奴骑兵的部队还是不时会出现在南道各国，小规模战斗仍时有发生。

班超听部下说，龟兹的一支部队中有一名骁勇的部将，样子很像赵。还有一名部下信誓旦旦，说那名匈奴部将绝对是赵本人。

"你为何如此确信？"

班超问。

"匈奴都是射远箭，他们知道我们的战斗力，都是挥着刀从四面冲来，可这名疑似赵的男子战法却迥然不同。他总是在近距离时放箭，箭射尽的同时骑马冲入部队中央，如疾风一般一穿而过。而这正是赵一贯的得意战法。"

部下回答说。

可是，对方究竟是不是赵，谁也无法确定真伪。

永元二年五月（公元90年），班超受到葱岭对面的大月氏七万军队的攻击。

大军来袭的消息让城下一片混乱，可是，班超并不惧怕这支徒有兵力、战线绵延数千里的远征大军。

果然，大月氏在围攻班超军队期间，粮草难以为继，便向东派出一支骑兵向龟兹借粮。班超立刻派出伏兵，将其歼灭。

因此，大月氏十分恐惧，最终跟班超求和。讲和不久，大月氏便越过葱岭，给班超送来符拔、狮子、珠玉等礼物。

在汉朝国内，这年五月，将军窦宪进攻游牧在伊吾庐的匈奴，让匈奴的影子永绝此地。受这次战役的影响，此前叛服无常的车师前国、车师后国也都向汉朝投降。

接着，第二年永元三年二月，窦宪再次出境五千余里，在金微山（阿尔泰山）突袭匈奴，俘虏四千人。

此次战役让匈奴往西转移，不再出现在漠北。从此时起，西域的龟兹、焉耆由于失去靠山，力量逐渐削弱。

大月氏后退，匈奴被击败，汉朝的威令逐渐遍及西域全域。这年十月，多年的敌人龟兹也率姑墨和温宿两国士兵向班超投降。

这一年，自建初元年起仅一年多就被迫废止的西域都护时隔十五年后再被设立。班超任都护，长期援助班超的徐干则被任命为长史。班超移至龟兹，徐干则屯兵疏勒。汉朝又设戊校尉，令其率五百兵驻守车师前国的高昌壁，设戊部侯，驻守车师后国的侯城。时间是永元三年十二月。

成为西域都护后，洛阳使者最初带给班超的是兄长班固死在狱中的消息。身为一代鸿儒名闻天下，晚年又以大将军窦宪参议的身份参加过讨伐匈奴的班固，最终因个人私怨遭诬下狱，死于狱中。得到消息后，班超黯然神伤。

在异域的长年兵戎生活中逐渐衰老的班超，第一次为久未谋面的骨肉亲人流下眼泪。母亲和妻子也都于数年前亡故。

这一年，兄长班固的讣告前脚刚来，另一个噩耗便接踵而至。这次是曾征战西域的耿恭之死。这位曾征战西域的猛将，之后又在讨伐西羌中立下赫赫战功，可惜遭谗言陷害下狱，被罢官夺职，在失意中死去。

面对耿恭之死，早为兄长班固之死流干眼泪的班超不再流泪。但是，他却整天蛰居家中，拒绝见任何人。

永元六年秋，为征讨西域中依然拒绝臣服汉朝的焉耆及傀儡危须、尉犁，班超再次出动大军。他集合了龟兹、鄯善等八国的七万兵力，以及官吏、商人等一千四百人，首先讨伐焉耆。大军一到尉犁边境，班超立刻向三国派出使者，让使者告知三国：

"都护这次是来镇护三国的。若改过向善，则高官相迎。王及以下全有赏赐。事情一完大军立刻返还。王可赐予绢五百匹。"

焉耆手握实权的左将军北鞬支替国王来献牛酒。班超诘问北鞬支说"我这都护都亲自来了，国王却不出迎，非礼之极"，赠送物品后，令其离去。

不久，焉耆国王广便携带着礼物将班超迎至尉犁。可为了不让班超的大军进入本国，广故意让人毁掉位于焉耆交通要道上的、芦苇遍地的沼泽地带的一座桥梁。只要大军过不了此处，就无法进入焉耆。

班超得知后，取道别处，徒步涉水渡湖，进入焉耆。

焉耆国有一名高官派使者来私通，班超将使者斩杀。然后向各国国王发布限期召集令，宣布来者皆有重赏。焉耆王广、尉犁王汎、北鞬支等三十余人一同前来。大臣腹久等十七人害怕被杀，投湖自尽。危须王则没有来。

"危须王为何未来？腹久等人为何投湖？"

班超厉声诘问广，申斥官吏。神色严厉的班超令人望而生畏，完全像换了一个人。班超将广与汎逼至都护陈睦曾被杀的故城，将二人斩杀。班超进而发兵三国，平定国内，俘获一万五千俘虏，以及马牛羊等牲畜三十四万头。

他在焉耆待了半年，立新王，镇压焉耆国内，凯旋龟兹。

次年永元八年，班超被封为定远侯，获赐封地千户。

永元九年（公元97年），班超派甘英出使大秦国（罗马帝国）。尽管甘英中途在安息的西边遭土著人阻拦，未能实现目的而回国，但是，汉朝的威令却远播葱岭以西，朝贡国则远至四万里以外。

永元十四年（公元102年）初，班超上书，请求回国：

——如自以寿终屯部，诚无所恨；然恐后世或名臣为没西域。臣不敢望到酒泉郡，但愿生入玉门关……

——且得延命沙漠，至今积三十年。骨肉生离，不复相识。所与相随时人士众，皆已物故。超年最长，今且七十。衰老被病，头发无黑……

正如班超在他的长篇上书中所写的那样，他在异域待了三十年，年已七十有一。这年春天，和帝答应了班超的请求，下令他返回故国。

班超接到命令后决定立刻从龟兹出发。出发前，他把他的继任者——新任都护任尚叫来说：

"塞外吏士，本非孝子顺孙，皆以罪过之徒补边屯。而蛮夷怀鸟兽之心，难养易败。水清无大鱼，察政不得下和，宜宽小过，统大纲而已。"

这是班超从三十年的异域生活中得来的教训。怀鸟兽之心的，并非疏勒王忠一人。

七月，班超踏着流沙东进。从前随他西行的三十多名部下中，如今已再无一人跟随他。他们都已死去。尽管"热风若起飘沙砾，忽埋行旅"的沙漠一如往年，可来往的胡人骆驼队却是数次穿过班超衰老的视野。唯有这一点发生了变化。

正如他本人希望的那样，班超活着进了玉门关，通过了他原以为今生再不会踏足的酒泉郡，穿过胡商云集的几个市场，又前行三千余里后，进入都城洛阳。时间是八月底。班超立刻拜谒了汉和帝。从他奉命出使西域的明帝时期算起，世上已经历了章帝、和帝两朝。和帝是一位年仅二十四岁的年轻天子。

班超出了王城，带着三名随从，在商铺林立的洛阳街头散步。胡风与胡俗格外醒目。路上行人的服装无不透着一种夺目的华美。班超还看见了一些腕戴于阗国玉河产玉饰的妇人。城市繁荣无比，售卖胡国物产的商铺鳞次栉比。班超看到自己在异域所受的劳苦竟以一种不可思议的形式洋溢在洛阳街头。班超继续在街衢上逛。

"胡人!"

一个幼童的喊声让班超停下脚步。他知道"胡人"一词喊的是自己。三十年的异域生活让他已俨然一个老胡人。沙漠地区的黄尘改变了他皮肤和眼睛的颜色,孤独的岁月夺走了他汉人固有的从容表情。

班超的胸肋原本就有病,从拜谒完和帝的那天起他就卧床不起。皇帝派人询问病情,还赐了医药。

九月初,班超的病情再次稍有好转,便又拜谒了和帝,详细汇报了西方的形势。这一日,离开王城后,他再次在洛阳的街衢上逛起来。

"胡人!"

他再次听到一群在路上玩耍的幼童如此喊他。

班超走进胡商所住的城镇西北角的一片区域。西域各国的男男女女正用各自的语言招揽顾客,售卖物品。

班超中途遇见一位匈奴老人。虽然这位老人年老体迈,衣衫褴褛,眼光却炯炯有神。班超看到这匈奴人之时,竟忽然感到一种故友般的感觉。

一会儿之后,班超才恍然大悟,对方很可能便是曾离自己而去的赵。倘若对方真的是赵,那么他在漠北也待了多年，自然也融入了匈奴的习俗，改变了面貌与风采。

次日，班超病逝。距离进洛阳刚十多天。朝廷对他的死深表哀悼，派人隆重祭祀。

班超死后，西域再次陷入混乱。都护任尚丧失人心，西域各国全部叛乱，攻击任尚。尽管段禧接替他做了新都护，可之后战火仍然不断。西域路途遥远且险阻，胡族叛服无常，派军征讨西域费用浩大——基于以上三个理由，安帝永初元年（公元107年）六月，汉朝放弃西域，召回了都护及屯田官吏、士兵。玉门关再次城门紧闭。此时距班超去世，不过五年。

(《群像》昭和二十八年七月号)

# 信松尼记
しんしょうにき

信长到信玄处提亲，欲将自己的养女许配给信玄四子胜赖之事，是在永禄八年九月。

这年五月，将军义辉被三好义继、松永久秀等人所弑，京城出现了中原无主的混乱状态，这极大刺激了信玄西上的欲望。信长的提亲又恰逢其时，因此，信玄二话不说便答应了信长的请求。

尽管信长是信玄最有力的竞争对手，可两者之间，正如信长主动提亲所展示的那样，实力上存在着很大差距。要想西上，信玄迟早要跟挡在路上的信长做个了断，要么与之结盟，要么将其消灭，二者只能选其一。恰好信长又屡屡示好，信玄便来了个顺水推舟。

于是，这年十二月十三日，信长十七岁的养女便嫁给了二十岁的胜赖。该女原为美浓苗木城主远山勘太郎之女，是信长的外甥女。

从出嫁当日到第二天，甲斐国一带下了雪。从府邸的客厅望去，院子里一片皑皑白雪，只有完全失去下枝的几株茶褐色的松树干，突兀着从雪地里斜伸出来。

此时，信玄正将他的骨肉儿女齐聚在客厅里。其实，也并非他有意赶走旁人只留自己孩子的，他只是恰巧把儿女们都聚在了一起，仅此而已。

信玄倒数第二的小女儿松姬日后便常常想起今日之事。当时松姬才五岁，自然已记不清当时的情形，可众兄妹列座父亲信玄左右的情形依然依稀浮现在眼前。当时，已成出家人的信玄正抱着最小的女儿菊姬。他头顶光秃，身着白绫子窄袖便服，样子与偶人无异。松姬则乖坐在一旁，等待着父亲信玄将菊姬从膝盖上放下，再以同样的姿势将自己抱起。或许是年龄上跟其他兄妹相差太多的缘故，当时信玄对松姬和菊姬二人格外宠爱。在兄妹九人中，能有被信玄抱在膝上这种记忆的，恐怕只有松姬与菊姬二人了。

信玄戎马一生，威震四方，构筑起了足以觊觎西边的势力。此时他已四十六岁。他膝盖宽大，两腮的短髯发着银光。两个年幼的女儿被他轮番放在膝上让他亲脸蛋。

"姬，疼吗？"

信玄每次问时，只会一文半字的三岁的菊姬总说疼，而松姬则总是回答说不疼。虽然姊妹二人性格截然相反，可信玄对她俩都疼爱有加。

信玄的右侧坐着跟松姬、菊姬一母同胞的十二岁的兄长盛信，再下面是同为胞姐的木曾义昌的夫人与穴山梅雪的夫人。盛信沉默寡言，略显迟钝，是个不起眼的少年，而两位姐姐气质跟容颜都十分出众。木曾义昌的夫人十九岁，穴山梅雪的夫人十八岁，正是争奇斗妍的时期，巧合的是，两人不约而同竟都怀了孕。这兄妹五人的母亲便是信州油川刑部守的女儿。

信玄左侧坐的是正室三条氏所出的嫡子义信与次子龙宝。义信年二十八岁，龙宝年二十五岁。虽然这对兄弟极像信玄，都是那种矮胖体形，可义信却有点神经质，言行中总透着一种长子的任性；龙宝则先天失明，剃了发，过着半僧半俗的生活，因而他的表情和态度中总透着一种低调，乍一看，甚至还会有一种诚惶诚恐的印象。

松姬喜欢二哥龙宝。义信仗着自己是正室嫡出，对松姬等人态度冷漠，还时常刁难。龙宝则完全不同。或许因为失明，他总是低头哈腰，两手放在膝上。倘若松姬和菊姬靠近，他就会"噢噢"地咕哝些谁都听不懂的话，静静地摸索着伸出手，将手交到两个庶出的幼妹手中。松姬二人一直把他看成是一个老人。松姬总喜欢凑到他身旁，用自己的手心捂住他的手。他的手一点不粗糙，甚至柔嫩得有点吓人。

正室三条氏除了义信与龙宝两个儿子外，上面还有一个女儿，嫁给北条氏政为妻。可是在两年前的永禄六年，这个女儿年纪轻轻便去世了，年仅二十七岁。

距义信、龙宝稍远的下座上则是二十岁的胜赖，仿佛只有他一个是外人似的坐在那儿。他便是这次喜事的新郎官，兄弟姊妹们齐聚府邸也全是因为他。不过，胜赖仍跟往常一样坐在自己该坐的地方。胜赖的母亲侧室诹访氏是诹访赖重的女儿。虽然诹访赖重被信玄所杀，可由于信玄艳羡诹访赖重之女的美貌，她便成了杀父仇人的侧室，生下了胜赖。

正室三条氏与侧室油川氏都健在，这位诹访氏却在十年前胜赖十岁之际便已早逝。胜赖继承了母亲那端庄但略带忧郁的面孔与精悍的性格。也不知母亲诹访氏这性格是天生的，还是因其特殊立场在后天形成的，总之，胜赖就是从母亲那儿继承到了这种性格。并且，母亲的早逝也为胜赖这性格又平添了一种孤独感。

尽管同为信玄之子，可胜赖跟义信、龙宝相差太多，跟油川氏所生的兄妹五人也不同。因此尽管是自己的婚礼，可他的态度依然跟平常无异。他一如既往，仍独坐在距义信、龙宝稍远的下座上。谦卑倒是谦卑，但态度里无形中透着一种不可思议的傲慢。

松姬虽未从胜赖那儿挨过义信那样的冷眼，却也完全被忽视。她甚至连句招呼都从未从这位同父异母的兄长那儿得到过。

就是这样的兄妹八人，尽管身上都流着信玄的血，却自然地分成了三组。当然，五岁的松姬全不记得当时有任何人跟她说过任何话。她只记得在这个雪天的静寂府邸里，除了父亲信玄外谁都一言不发，只是静静地坐在那儿。正因为是同父异母的三组孩子齐聚一堂，这才给后来的松姬留下了深刻的印象。

此时，又一名兄长稍迟来到席间，此人便是十五岁的北条氏秀。唯独这名少年并非信玄的亲骨肉。他是北条氏政的弟弟，是两年前来到这儿的，作为武田家的养子与义信同住该府。

为巩固与北条氏的同盟关系，信玄将三条氏所生的长女送给氏政做了夫人，可由于此女早逝，他便将氏政的弟弟氏秀作为养子接到了自家。尽管年龄并不大，可信玄仍将北条氏托付的这个孩子置于庶出的胜赖之上，一直当作三子来对待。因此，他通常被称为武田三郎少爷。

对松姬来说，客厅里所有人中，给人印象最深的便是氏秀了。他眼神深邃，鼻梁高挺，嘴角紧绷，肌肤白嫩。尽管嘴唇像抹了口红般略微发红，却不是女人的那种红色。这名集光彩照人的美貌与关东名门气质于一身的少年，带着一种不似少年的从容在三组孩子包夹的空座上坐下来，跟信玄三言两语后，便向当时仍在信玄膝上的松姬伸出手，将她轻轻抱了过去，动作之轻甚至令人都感受不到。

然后，他径直来到回廊，在长廊里转了一圈后，又返回原来的房间，重新将松姬放在信玄一旁。松姬从被氏秀抱起，到被再次放到信玄旁边，一直都大气不敢喘，仿佛死了一样。即使被放到信玄一旁后，她仍未将手搭到信玄的膝上，而是依然保持着刚被放下时的姿势，不敢喘气，茫然若失地将自己幼小的身体生硬地搁在那儿。其实对松姬一生有重大影响的武田三郎氏秀的印象像刀刻一样印在松姬幼小的心灵，便是从这时开始的。

氏秀当然并非武田家的一员，他的作用只是一名体面的人质。不过，氏秀并未因自己这种身份而忧郁。反倒是行为举止旁若无人，天生就是个乐天派。

这次也不例外，氏秀是最后一个来的，却是第一个离去的。虽然在氏秀来之前未有察觉，可当他一度出现并再次消失后，房间里忽然像阴下来一样立刻充满了冰冷的空气。连松姬都感到了这种异样变化。

然后，仿佛要从这空气中逃离一样，信玄忽然起身离去。深受宠爱的松姬和菊姬也忽然像被遗弃一样感到了一种强烈的孤独。

信玄起身离开房间不久，离他最远的胜赖也站起身来，跟着信玄从同一隔扇中消失在了隔壁房间。信玄每次离去时都是这种情形，从来都是让胜赖陪着。因为在兄妹九人中，信玄最爱的就是完全继承了早逝母亲的面孔的、伶俐但略显忧郁的胜赖。

菊姬突然像着了大火似的大哭起来：

"我害怕。我害怕。我害怕。"

无论别人问什么，她都只说是害怕。

其他兄妹都以为是菊姬又犯了神经质，可唯独松姬能猜透妹妹哭泣的理由。信玄离去后，满座的空气顿时如波涛般涌来。最狂妄的义信眼中最先露出病态的目光。胜赖竟当着自己的面傲然地随父亲离去。紧接着，自木曾远道而来的义昌的夫人也撒气般地忽然间哈哈大笑，然后戛然而止。之后，仿佛被撒了小针似的，房间内带刺儿的空气自然最先朝菊姬的灵魂刺来。

松姬也想跟妹妹抢着哭，却没哭出来。就在她仍保持着被放下时的姿势坐在那儿的时候，无意间，她的视线落在了圣道大师（大家都这么称呼盲人龙宝）——唯独他一个人仿佛置身世外似的——那平静的脸上。不可思议的是，望着望着，松姬竟逐渐失去了想哭的心情。

永禄十年，这一年，接连发生了几件令七岁的松姬永生难忘之事。

第一件是胜赖的夫人突然离世。这年一月中旬，她生下一名男孩，取名竹王丸（后来的信胜），由于产后未恢复好，最终年仅十九便离开了人世。

作为胜赖的夫人她在甲斐待了两年，在这两年的时间里，松姬只跟她见过寥寥几次，因此，对她的死并未感到任何悲伤。葬礼那日，正如她出嫁那天一样，大雪同样淹没了甲斐的山野。松姬从府邸东北角的望楼上，眺望着甲斐国从未有过的豪华的送葬队伍慢慢地朝后面平缓的丘陵上爬去。在雪的阻碍下，队伍花了半天时间才前进一小块。

继而发生的是长兄义信的幽禁之死。义信意图谋害父亲信玄，阴谋败露后被幽禁，时间是前年的春天。

义信仗着自己是嫡子，对父亲信玄偏爱庶出的胜赖的态度十分不快，便产生了想取代信玄统治甲斐的野心。不料事情败露，自己沦为了阶下囚。可事实是否如此，连信玄的亲人都无法判断。在度过了将近两年的幽禁生活后，他最终在山顶要塞中一处仅有两间屋子的小宅中死去。

对于义信的叛逆事件，世人众说纷纭，就连武田家的忠臣老臣们都讳莫如深。

义信的夫人是今川义元的女儿，义信死后数日，她也被迫返回了娘家今川氏。然后，有如一个信号一样，信玄也恰好出兵骏河。

义元死于桶狭间已有七年，东海的领袖今川氏已不复往昔。多年来，武田、北条、今川三家一直是结盟关系，如今信玄终于打破了同盟的一角。信玄所以急于进攻今川，是因为他若不这么做，织田和德川就会替他去做。三同盟中只有北条的态度让信玄不放心，不过由于自己已将氏秀纳为养子，他觉得局面还能应付。

可出乎意料的是，信玄出兵骏河的同时，北条氏竟然出兵援救今川氏。因此，义信死去半月后，信玄只好应战北条氏政，与其反目。

这里自然就产生了一个养子氏秀的处置问题。信玄决定将氏秀送回北条老家。尽管他可以任意处置已失去作用的人质，可毕竟直到昨日都还是自己的孩子，信玄不忍杀死这个性格自由自在、开朗的美貌少年。

氏秀即将被送回北条前夕，他造访了宅邸一旁的侧室油川氏的家。做事洒脱超然，这倒颇像氏秀的一贯性格。偌大的府里有很多梧桐树，硕大的枯叶正被风一片片吹落。时间是十一月上旬。

氏秀用极短的时间跟松姬的母亲草草说了几句便告辞。松姬与妹妹菊姬一起把氏秀送至前廊，母亲油川氏则与兄长盛信将氏秀送到门口。

"今年净是些讨厌的事情,不过马上就有喜事喽。"

送氏秀回来后母亲捋着松姬齐肩的头发说道。

当时,松姬当然搞不懂母亲的意思,她也不想明白。她幼小的心灵中装的全是氏秀远离古府的悲伤。虽然从未有任何人向她提起过,可她的心里一直怀着一个梦,将来自己一定会嫁给这位来自关东名门且没有血缘关系的英俊的义兄。而且,不知不觉间,这梦想竟在她的心中逐渐变成了一个近乎确信的念头。

母亲所说的喜事在一个来月后的十二月初便被公布了。竟是七岁的松姬与信长的嫡子十一岁的奇妙丸(信忠)的婚约。

由于胜赖之妻的去世切断了双方合作的保证,因此织田与武田两家必须新设一个连结两家的坚固纽带。此事是由信长主动提议的。

奇妙丸与松姬的婚约被公布后,松姬顿时忙碌起来。各地祝贺的客人络绎不绝。为了接受他们的祝贺,松姬竟不得不在宅邸的房间里一坐就是七日。

信长的聘礼就堆在松姬枯坐的右邻的房间里。分别有厚缎、薄缎、纬白缎、红梅缎各一百反①,锦带上中下各三百条。这些全是给松姬的。信玄则另有礼物,分别是虎皮、豹

---

①反为日本纺织品单位,1反约为长10.6米,宽0.34米。

皮各五张，缎子一百卷，金制鞍镫各十口。

普通客人的贺礼则全放在左邻的房间，也堆成了山。

松姬每天穿着华丽的衣饰，在龙宝的陪同下坐在那儿。头三天恍如做梦。忽然间被拉到华丽舞台的中央，任谁都会新奇不已的。可从第四天起她就厌倦了，只好缠着龙宝，一面听龙宝说话一面机械地朝祝贺的客人点头致意了。

选龙宝来陪松姬，是因为他是嫡出，并且义信死后他在兄妹中的年龄也最长，最重要的是他是个盲人，最适合这种差事。母亲油川氏则始终没在这个房间露一次面。

义昌的夫人自木曾远道而来的那天，也同样是在无人刻意安排的情况下，兄妹们簇拥着松姬又聚在了一起。义昌的夫人、梅雪的夫人、盛信、菊姬，彼此都是一母同胞的兄妹们，虽然嫡出的龙宝也在，可大家都没拿他当外人，根本不成问题。

这时，年长的木曾义昌的夫人语重心长地对大家说：

"今后我们兄妹恐怕很难会这样聚在一起了。我在木曾，穴山夫人在甲斐，盛信不久也要去伊那。还有，由于这次的喜事，松姬长大后也要去尾张。剩下的就只有菊姬了。"

正如义昌夫人所说的那样，由于盛信要去继承先前被信玄灭掉的信州伊那郡的名门仁科的家业，不久后必须要移居那儿。

此时，松姬第一次从姐姐口中得知，自己迟早也要离开这儿嫁到尾张国去的。至此，定亲的意义这才化为具体实感渗入松姬的内心。松姬心里产生了一种强烈拒绝的念头，却不知该如何用语言表达。

这时，胜赖突然走了进来。他面露不快，桀骜地来到木曾义昌的夫人面前，坐了下来。

"说不定菊姬也要远赴他乡呢。越后那边还没有武田家的血脉呢，肯定要有人去的。"

胜赖不逊的言辞中充满了令人惊讶的冷酷。一种即将成为父亲信玄继任者的自信与为肆意妄为的傲慢分明挂在脸上。他已经不需要在乎任何人。

木曾的夫人率先离席，穴山的夫人也随姐姐起身离开。大概是其中一人吩咐的吧，不久后，一名侍女进来将菊姬抱走。

胜赖的脸色有点发青，也站起身来。为缓和气氛，盛信喊了声"兄长"，也接着起身。大家离开时只有盛信朝龙宝郑重地点了下头。只有松姬与龙宝两个被丢弃在房间里。

"起风了。松姬，你明白吗？"

龙宝侧起耳朵。掠过院内树梢的风声也传入了松姬的耳朵。

信玄在进攻野田城的前线发病，撤回甲斐，途中在信州驹场病逝，时间是元龟四年四月十二日。依照其三年密不发丧的遗言，信玄去世的消息未被公开。部队的武士们并不知道前头的轿中坐的是何许人。

不过，骨肉亲人们还是都通知到了。当信玄的遗体进入古府的时候，连最远的木曾义昌的夫人都已随丈夫赶到府邸了。

府邸的院里虽然燃着庭火与篝火，数量却极少。在悄悄的诵经声中，进入府内的遗体在庭院的一角直接被五名武将从轿中转移到堆房中。

第一个敬香的是胜赖，然后依次是信胜、盛信、龙宝，接着是四名女儿，再往后是亲属，最后则是仅限的十多名武将。

正室三条氏已在元龟元年故去，侧室油川氏则于次年，二人都先于信玄去世。

第一个敬香的胜赖与第三个敬香的盛信都未卸盔甲，盔甲上沾满了战场灰尘。胜赖二十八岁，作为一名勇猛的青年武将早已成名；二十岁的盛信也作为一名率领百骑的战将数次驰骋战场。

继木曾、穴山夫人之后，松姬与菊姬二人也并排着站在了遗体前。松姬十三岁，菊姬十一岁。没有人把信玄的死讯告诉这两个最受宠的女儿，可二人当然明白眼前发生之事。松姬和菊姬都强忍着不让自己出声。

大家在大厅里守灵到半夜。在场的松姬与菊姬被胜赖叫起，穿过又黑又长的走廊后来到他的房间。房间里坐着仍未卸甲的胜赖、盛信以及身着僧服的龙宝三人，也不知是何时来的，两个姐姐也都在。胜赖面带明显的憔悴，第一次向大家介绍了父亲去世的情况，并转达了密不发表的遗言。

"明天就把战旗插到濑田"——信玄对山县昌景所说的这句话是意识模糊的父亲生前的最后一句话，当胜赖说到这儿时，女儿们再也忍不住，一齐呜咽起来。

胜赖也没有了平日的狂妄，他平静地对大家说，虽然自己不才，可为了守护好武田家，壮大武田家的基业，他赴汤蹈火在所不辞。希望大家能齐心协力，弥补自己的不足。对此，大家也都简短地一一发誓一定要帮助他。

松姬第一次对胜赖这个同父异母的兄长萌生了一种亲爱之情。不止松姬，两个姐姐，还有菊姬似乎也一样。

胜赖与盛信二人要处理的事情堆积如山，立刻就出去了，剩下的姐妹四人则围着龙宝一直聊到天亮。

"真希望武田家今后也能有一位氏秀那样的人。尽管我们有很多不服输的战斗勇士，可我还是希望能有一个像氏秀那样的人。"

当黎明的阳光逐渐照进房内的时候，龙宝竟在某个话题中忽然说了这么一句。虽不知龙宝赏识氏秀的哪一点，可松姬在久违地听到氏秀这个名字后，还是感到了一种强烈的心跳。

倘若武田与北条恢复关系，说不定信玄还会将氏秀接来做养子——松姬曾暗自怀过这种期待。可如今信玄已故，她不得不深感这期待早已如泡沫般完全破灭。就凭胜赖那臭脾气，他是不可能将比自己年长、虽在战场上不怎么样却不惧一切的这名美貌少年迎来做自己家一员的。松姬只觉得，父亲之死带给她的不是悲伤，而是另外的一种强烈打击。

尽管已与织田奇妙丸订了婚，可二人一次面都未见过。这原本就是一场政治婚姻，而且最近两三年来，由于与德川的交战，武田与织田的关系也十分微妙。即使哪天刀兵相见也不足为奇。

可是，武田与织田的任一方都没提过悔婚之事。只要武田家的势力还在织田家之上，松姬就没必要先嫁到尾张去。可一旦武田家陷于不利，恐怕抬着松姬的轿子就该沿着天龙川从伊那河谷走向尾张了。

不知不觉间，十三岁的松姬依稀明白了自己作为一个女人的作用。在这样的困顿中，她自幼对氏秀所怀的思慕之情却未像别人一样届时就烟消云散，而是被她永远地保留在了心底，并且，这细微的感情痕迹还逐渐成长为一种更加坚硬的东西，尽管每次只生长那么一点点。

因为坚守故人"服丧期间切莫轻易挑战他国"的遗志，这年并未发生大的战争，竟平安度过了。夏末秋初时节，甲斐各地的农村里流行起一种孟兰盆舞。这种舞蹈由几十名男女围成一圈来跳，边跳还边唱一种民谣："武田三郎哟，与郎亲一夜，马鞍一生泣。永远不分离，再苦心也甘。"民谣唱的是农村妇女对英俊潇洒的贵公子氏秀的憧憬。这原本是在关东流行的民谣，现在竟传到甲斐来了。

事后一两个月，松姬才从兄长盛信的口中得知，原来氏秀已经去越后的上杉家做养子去了。

听到此事的当日，松姬竟产生了一种奇妙的心理，她想把这件恐怖的事情宣泄一下，同时也想确认一下真伪，便来到城边的一条人称圣道小路的深处的宅院，造访了龙宝。

"这件事，我半个多月前也听说过。恐怕是真的了。"

龙宝用一种下人般的口吻，对这位一向从容可唯独今日却慌了神的同父异母的妹妹说道。不知从何时起，他放弃了自己是嫡出的唯一男子的身份，无论什么事情，都把自己放在了一种卑微的位置。他似乎相信，这种做法对武田家很有必要。

"圣道大师，真有这种事吗？"

松姬把同样的话又重复了一遍。这时，龙宝将失明的眼睛投向松姬的脸。松姬有些害怕，仿佛自己的脸在被人盯着看似的。于是，龙宝把脸扭到一边，又把无心的耳朵贴近松姬。结果，松姬又像自己内心的心跳被龙宝听到了一样，害怕不已。

不大的院子里长满了灌木，灌木丛中有几座石质五轮塔。尽管整座院落有些昏暗，可微弱的晚秋阳光依然静静地洒落在石塔和灌木丛上。

信玄死后，明显进入敌对关系的武田与德川两大势力，为了一决雌雄展开了一场肉搏战，即天正三年四月的长筱之战。胜赖在这次战役中一败涂地，丧失了信玄以来的大部分老臣宿将，不过，他没有畏缩，而是在九月便早早派兵在元江布阵。之后便像着了魔似的一场接一场地发动战役。他想用连续的战役来挽回颓势。

这位年轻精悍且十分自负的武将，在同织田、德川联军的一城一寨的抢夺战中全力以赴，从二十岁后半段一直战斗到三十多岁。

天正五年一月，为了恢复与北条的盟友关系，胜赖迎娶了氏政的妹妹——一名十四岁的少女为妻。自从失去了身为信长养女的妻子之后，这位好战的武将便一直无暇娶妻。

在此期间，松姬与菊姬也心照不宣，安分守己地做着武田家的女儿，在古府的深宅大院内成长下去。

自从为父亲信玄举行临时殡葬的那夜以来，兄妹们便再未齐聚一堂，不过后来却久违地实现过一次，时间是天正七年。

这一年松姬十九岁，菊姬十七岁。胜赖初婚之时，一大群兄弟姐妹曾在一个大雪天里齐聚一堂。当时木曾义昌的夫人与穴山梅雪的夫人像两朵花一样争奇斗妍，如今，松姬与菊姬也到了当年两个姐姐的年纪。

松姬容貌出众，光彩照人；妹妹菊姬则随父亲相貌平平。不过从性格上来说，松姬朴实无华，菊姬却灿烂照人。不过，有一点却跟曾经的姐姐们不同，即二人全都没有染齿。

这一年，年初时陆前下大雨发了洪水，传说死了好多人，甲斐地区也是短期内小灾连连。山崩与地震频发，大风摧毁各地民房。府邸后面的土堤也令人闹心，明明什么事也没有，可每次去看时，泥沙总会以令人无法察觉的方式在悄悄坍塌。松姬每次看到，心里总会产生一种不安，总觉得会有不祥之事要发生。

果然，这不祥之事竟真的发生了。在越后的上杉家，谦信刚去世百日便起了家督之争，养子氏秀（当时称为景虎）与同为养子的景胜互相出兵争夺。胜赖进行了干涉，起初因与北条氏的关系曾一度帮助氏秀，可不知出于什么理由，中途又忽然变卦帮起景胜来，并最终将氏秀逼入鲛尾城，令其自尽。事情就发生在三月二十四日，氏秀时年二十九岁。胜赖的这种行为，从与北条的关系来看很难用理性来判断；从人情的角度来看，讨伐曾具有兄弟关系的氏秀也令人费解。

松姬从听到此事的时候起就卧床不起了。她对胜赖感到了一种强烈的憎恨。并且数日之后，当胜赖从越后回来的时候，她仍以卧病为名未去打招呼。氏秀死后松姬一直郁郁寡欢，总把自己一个人关在房间里。

妹妹菊姬嫁谁不好，偏偏要嫁给跟氏秀争家督并最终获胜的景胜——获悉此消息的时候，松姬并未像听到氏秀之死时那样惊讶。当菊姬前来告诉她并向她辞行之时，松姬更是用一个姐姐应有的态度接待了她，并对远嫁雪国的妹妹仔细叮嘱。

菊姬出嫁越后是在这年十月下旬，婚宴则是在一个月之前的九月下旬举行的。为参加婚宴，已成高远城主的盛信，与丈夫共赴骏州江尻城的梅雪的夫人，还有木曾义昌的夫人，他们三人也先后来到古府，再加上龙宝与松姬，兄妹几个又久违地聚在了一起。只有胜赖由于紧急出兵并未露面。两位姐姐对胜赖怀有强烈的反感，说话句句带刺，毫不掩饰。松姬体察两位姐姐的心情，她本人对兄长胜赖也怀有憎恨，因此，这实在称不上是一次愉快的聚会。不过，多年难得一聚的兄妹也只有在这种时候才能相聚了。

出嫁那天，抬着菊姬的轿子是从古府府邸的东门出发的。当时，兄妹中只有松姬送到了府邸前面。偏巧龙宝也卧病在床，并未露面。一度出发的轿子立刻停下来。菊姬一下轿就回到松姬面前，说：

"不知为什么，我总觉得我再也回不到这儿来了。跟姐姐也再也见不上面了。"

正如菊姬感受到的那样，当时武田家正面临糟糕的局势。讨伐氏秀导致与相模的同盟破裂，同时胜赖还要跟反过来新结盟的家康与氏政的联军进行一战。妹妹出嫁这日古府的城下照例只是留了一点兵力，远在富士川战线的胜赖似乎也在这天早晨派来了快马贺使。松姬牵着妹妹的手，再次亲手将新娘送回轿上。松姬也认为，从与菊姬略微不同的另一个意义上讲，自己也恐怕再也见不上妹妹了。

武田家未来的家运如何松姬不敢设想，不过，跟即将成为氏秀的仇敌景胜妻子的菊姬，松姬倒是觉得，姐妹俩的感情肯定要在今日断了。

松姬送走妹妹的轿子后，独自走在宅院里。一想到菊姬临行前因担心家运而下轿的情形就心疼不已，为了驱走这种心情，松姬只好一幕幕回忆着妹妹刚订婚时那兴高采烈的样子。

倘若将氏秀迎为养子，跟北条也不会弄僵，说不定自己也会幸福的。可若是这样，菊姬便没有了今日的幸福。

为了武田家，究竟自己幸福好，还是妹妹幸福好呢？松姬一面思考着自己与妹妹的这种宿命关系，一面在庭院里走着。

菊姬出嫁一个月后，由于先前一直在宅邸后面的丘陵的半山腰施工的房子已经落成，松姬便搬到了那儿。在众多的兄妹中，跟从前一样仍住旧宅的只有胜赖与松姬二人。盛信在伊那，梅雪夫人在骏河，义昌夫人在木曾，还有菊姬也嫁到了越后。松姬也不愿跟胜赖在同一座宅邸里打照面，偌大的宅院连个说话的人都没有，一个人住实在凄惨。

胜赖也未反对她移居新宅。尽管与织田的交战仍在进行，可松姬与信忠（奇妙丸）的婚约仍在。胜赖深知这是一张王牌，不到万不得已是不会打出来的。虽然立场不同，可信长也认为现在还没必要毁弃婚约。对两名武将来说，这东西不定什么时候就会派上用场。也因了这缘故，胜赖大多都会答应松姬的要求。

松姬带着两名侍女进入新宅，当天夜里，松姬便觉得自己终于成了一名孤家寡人了。十月与菊姬斩断了姐妹之情，这次又仿佛跟胜赖断了兄妹关系。因为地势高的缘故，吹过山坡的大风整晚都在围着新宅敲打。

次日起来一看，宅院的新土上全是从坡上吹来的落叶。这日下午，胜赖的夫人在几名侍女的陪同下踏着落叶来到新宅院。为了迎接看上去仍只是一名少女的十六岁的胜赖夫人，松姬来到院子里，忽然间，她发现对方走路的样子竟与其兄氏秀十分相似。虽然此前一直没有发现，不过现在看来真的是出奇的相似。

胜赖夫人是来慰问松姬的新居的，不过对松姬来说，这一日也是她第一次与对方共处近一刻的时间。

此前松姬对胜赖夫人从未有过好感。一是因为身为小姑子的感情在作祟，更重要的是，本该是氏秀来武田家的，可妹妹居然替哥哥来了。氏秀之死，归根结底也有她的原因。可今天却完全不同，当面对着年纪比自己还小的嫂子时，松姬只觉得恍如面对着去世的氏秀，由衷地感到了一种平静的满足。

"从今往后，我就独自在这儿悄然度日了。"

松姬说。

"就算您离开府邸，可为了武田家，也恳请您不要见弃太郎胜赖。"

胜赖夫人坚定地说道。对于与娘家北条氏化为敌人一事，松姬说了些宽慰的话，胜赖夫人却回答说：

"武田跟我的娘家关系如何,这些事我从来都不考虑。我只担心武田家。就像枯叶一片片从树上全落下来一样,我担心所有一切都会一个个离开太郎胜赖。"

眼前这名来自北条的年幼使者,脸上带着一种殊死的神情,既美丽又紧张。松姬无法想象,究竟是什么让她如此认真地担心武田家的命运。对于这样的一个胜赖夫人,松姬既喜爱,又悲哀。

武田的城寨接连陷落。天正八年、九年,古府的城下一直笼罩着暗淡的日子。

在此期间,对松姬来说,如果说有什么变化的话,那就是她被城下的人们赋予了一个新的称号——新宅大小姐。从大小姐这一称呼来看,世人似乎把她看成了一个为遵守与曾经的奇妙丸的婚约至今仍在守节的女人。

到了天正九年,为了迎击敌人,自信虎以来一向自诩甲斐一国从不筑城的武田也终于需要筑城了。这年七月,武田在甲斐国西北部的韭崎筑了新府城。筑城是昼夜不停地进行的,工程刚进行了一半,一家人就烧掉古府的宅邸,搬到了新府城。时间是临近年关的十二月二十四日。

运送武田家传的宝物、家具和武器装备的队伍长达一里(约4公里),最中间则是抬着女人们的几十顶轿子。华丽的阵势令围观者眼花缭乱，颇似烛光燃尽前那最后的摇曳。

新宅大小姐与胜赖夫人也在一前一后的两顶轿子里被摇来晃去地从古府向新府城转移。只有龙宝一人留在了古府。

过年后是天正十年，新年贺宴是在未完工的新城望楼下的大厅里举行的。参加者只有寥寥几个亲人与几名武将。一族人中，龙宝从古府赶来，盛信从高远前来请安。女人则只有松姬与胜赖夫人两个。骏州江尻的穴山梅雪与木曾义昌都以战时繁忙为由没有参加，并且作为他们夫人的两个姐姐也未露面。

在新府城的新年贺宴上，松姬将兄长盛信为自己斟的酒一饮而尽。盛信二十九岁，镇守着高远城，人称仁科盛信，如今已是公认的武田家第一武将。虽然幼时低调持重的性格仍未改变，可论勇猛、谋略和斗志，无人能出其右。尤其是他对胜赖的忠诚，堪称完美。就算是牺牲自己，他也始终如一地在帮助这位寡助的异母兄长。

松姬觉得，满座之中只有盛信一人年轻且有活力，也似乎唯有他对武田家的未来并不悲观。

在这次的宴席上，龙宝也像变了一个人。这位失明剃发的四十二岁的兄长竟第一次在人前神情严肃大声说话：

"现在已经到了为了武田家每个人都必须放弃私心的时候。倘若武运不济国破了，那我们只能以自尽来向祖先谢罪。"

龙宝言辞激昂，不由得让一座的武将肃然起敬。

松姬低声对座上的龙宝耳语道：

"那武田家怎么办呢？"

结果龙宝却说道：

"家是男人们考虑的事。女人嘛，无论发生任何事情，都必须保全父母所赐的生命。懂了吧？"

龙宝换上一副谆谆教导的语气。跟刚才完全不同，他又变回了那个一向和蔼的龙宝。

接着，龙宝又略带严肃地递给松姬一杯酒。松姬知道这是与兄长的诀别酒，便接受了。于是，龙宝离开松姬，来到胜赖夫人面前，点头致意道：

"请恕我鲁莽，大小姐是世上少有的美貌与温婉，像您这样的人来到武田家——"

龙宝把后面的话咽了下去。松姬一直从一旁注视着他，她觉得龙宝是在哭。尽管没有流泪，可心里却在哭泣。

胜赖跟任何人都未说一个字，只是慢慢地端起酒杯。松姬五味杂陈，她怀着一种憎恨与亲情的纠葛，盯着眼前这位身为武田衰败之罪人的异母兄长的脸。连年的征战让他三十七岁的肌肤染成了异样的黝黑，并且夺走了他右半部的牙齿。

松姬被兄长仁科盛信带着转移到了高远城。

原本跟胜赖夫人约好要在三月桃花节之前返回新府的，可到了高远城没多久，她在二月一日就收到了木曾义昌谋反并勾结织田的消息。菊姬出嫁时木曾姐姐那胖得几乎让人认不出的面容再次浮现在松姬眼前。虽然并非姐姐的责任，不过，木曾的背叛却并未让人觉得唐突，而是非常自然。可是，当曾经的奇妙丸织田信忠作为织田军的总指挥攻入甲斐的消息接踵而至的时候，松姬这才被吓得脸色大变，连气都喘不上来。

自己七岁时的订婚对象，如今竟作为总大将闯入甲斐来消灭武田家，这真的是因果报应。

可是，她已经无暇顾及这些。因为信忠军队的进攻已迫在眉睫。高远城全城都在忙着备战。

松姬在盛信的规劝下仅带了几名随从便出城向新府赶去。中途得知留在新府城的木曾义昌的母亲与两个孩子已被胜赖处决。松姬吓得汗毛倒竖。那两个孩子，一个是脸蛋如姐姐一样艳丽的十七岁的女儿，一个是十三岁的嫡子。

快到新府的时候，各处的村落里开满了点点的桃花。一匹匹快马越过松姬一行急驰而去，仿佛将一个个村落串在一起。

新府混乱不堪。胜赖因为与木曾义昌作战并未在家。伊那谷那边每天传来各城塞战败的消息。就在这样的岁月中，德川从骏河口、北条从关东口发起进攻的流言也满天飞起来。

此时已是二月底。松姬想离开新府到古府的龙宝那儿暂时栖身。虽不知未来如何，可她还是想在龙宝那儿等待这未知的命运。

松姬与胜赖夫人谈了整晚，次日便离开了新府城。正如胜赖夫人上次所担心的那样，所有一切都像枯叶从树上凋落似的，如今正一个个离开胜赖。

在即将进入古府城下的前一天，松姬从当地的传言中听到了穴山梅雪谋反的消息。听到消息后她也只是飞快地回忆了一下姐姐的容貌而已，如今她听到什么都不会惊讶了。

进古府后来到圣道小路上的龙宝宅院，龙宝不在。松姬不知龙宝去了哪里。家里收拾得一尘不染。松姬无奈便与两名侍女住了下来。

高远城的盛信悲壮战死与新府城陷落的两条消息同时传入松姬的耳朵。过了半月，她又听说了胜赖、信胜、胜赖夫人自尽的消息。虽然龙宝仍下落不明，可不久后她便听说他也在畔村的入明寺自杀身亡。

松姬离开龙宝的家，搬到自己从前在山丘上的宅院住了下来。之所以去那儿，是因为她不想隐藏自己的身份，她想任由袭来的命运处置自己。

织田进入甲斐的同时，也对武田家的流浪武士展开了严厉搜捕，可不知为何，对松姬却未进行搜捕。对于这位新宅大小姐，也许织田方将她看成了一个为遵守从前的婚约一直在守节的女人。

当血雨腥风的春天过去，夏天来临之时，又发生了本能寺之变，信长与信忠死去的消息震惊了天下。不过即使听到此事松姬也毫未动容。还有一件，穴山梅雪被乡民杀死的消息给武田灭亡的系列悲剧画上了最后一道休止符，此事也是不久后传入她耳朵的。

后来，松姬来到武州，入了曹洞宗的寺院剃度出家，法号信松尼。当时本地的郡代大久保长安曾在武田家当过差，由于这层关系他让信松尼搬到八王子，并为她建了一座庵，世人称之为信松庵。搬到八王子后信松尼极少外出，即使附近的人一年中也很少能见到她的身影。不过，她将自己彻底关在庵里再不以面示人，则是在天正十八年，即在小田原之战中她义姐的丈夫、即身为她本人的意中人氏秀和胜赖夫人兄长的北条氏政被秀吉逼迫自杀之后。当时妹妹菊姬的丈夫上杉景胜居然也在进攻的军队中，实在是一种奇缘，这或许让信松尼逐渐平静的心境又被打乱悲伤了一次。

元和二年四月十一日，五十六岁的信松尼故去。被胜赖杀死两个孩子的木曾义昌的夫人之后则去向不明，沦为遗孀的穴山梅雪的夫人剃发出家，尽享天年后于元和八年死去。上杉景胜夫人菊姬被人称为御菊大小姐，于庆长九年故去。尽管多少有些浮沉，可最终只有信玄这个最小的女儿走完了最平静的一生。

信松尼直到故去，也再未见到幸存三姐妹中的任何一人。

(《群像》昭和二十九年三月号)

## 僧行賀之泪

そうぎょうがのなみだ

僧人行贺加入第十次遣唐使团，作为一名留学僧被派往唐朝，是在孝谦天皇天平胜宝二年的九月。这一年行贺二十二岁。

行贺出生于大和国广濑郡，十五岁出家，随兴福寺的永严及元兴寺的平备学习，朝廷感佩他的向学之心，便敕命他入唐，留学的目的是修学天台以及法相两宗。

遣唐大使为藤原清河，副使为大伴古麿，判官与主典四人的名字也被公布。这次的遣唐使团，除了要引进唐朝的文化外，还有一个重要目的。由于当时朝廷正在营造东大寺，大佛需要鎏金，而鎏金用的黄金却不够用，所以他们还身兼向唐朝求金的使命。

尽管派遣遣唐使的计划已经公布，可不知为何，计划却并未立刻实施。又过了一年，天平胜宝三年秋天，朝廷又宣布，除了大伴古麿之外，富有赴唐经验的吉备真备也以副使的身份加入了使团。然后，等一切准备停当，大使、副使进宫觐见并获赐节刀时，已经是又一年的天平胜宝四年的三月了。节刀在完成重要使命回朝复命时是要交回的，而御赐节刀就意味着如果有顺风就要立刻出发，一日都不许耽搁。从公布人选到御赐节刀，这一年半的时间全耗在了渡海赴唐的准备上。

此次派遣距上次已有二十年。上一次即第九次遣唐使是在圣武天皇的天平五年，当时由多治比广成任大使，中臣名代任副使，共有594名人员渡海赴唐。

天平五年的遣唐使，去的时候平安无事，可回程时却很悲惨。一行人分乘四艘船于天平六年十一月从苏州出发，后来平安返回的只有两船，剩下的两船一艘在海上失联，另一艘则被风浪吹到了遥远的昆仑国（安南南部），百十余名乘员有的遭当地人袭击，有的病死，仅剩的四人也再次返回唐朝。后来，这些幸存者想搭便船取道渤海回国，可这次又不幸遇上了海难，最终两手空空于天平十一年漂流到了出羽。

可是，凭借着平安返回故土的两只船，在唐度过了十九年留学生活的吉备真备与僧人玄昉成功地踏上了日本的故土，唐僧道璿、印度婆罗门僧偘那、林邑国僧人佛哲等异国僧人也踏上了日本的国土。

吉备真备研究经史，精通阴阳历算等诸般唐文化，僧人玄昉则将五千余卷经论与多尊佛像带回故国。新式教育由真备发扬光大，法相的奥秘也因玄昉得到弘扬。

派遣遣唐使的成果的确硕大，可牺牲也大，倘若站在被派遣方的角度看，这完全是一种搏命的差事，因此遣唐使的派遣绝不是随意闹着玩的。第九次与之前的元正天皇养老元年的第八次，两次派遣之间至少也隔了有十多年。

青年僧人行贺所加入的第十次遣唐使团，除了大使、副使、判官、主典以外，还有知乘船事、都匠、医师、占卜师、阴阳师、翻译、画师等必要随员，再加上一些学问僧与留学生，乘员总共近五百人，分乘四艘船。行贺则被分到了副使吉备真备所乘的第二船。

这次的航行难得遇上了好天气，一个月后，四艘船全部平安抵达扬子江口。由于行贺与吉备真备同船，航行途中就在他身边，因此得以目睹自己一向敬仰的这位拥有在唐钻研经历的知识人的风采。

除了吉备真备之外，其他人即使对一片云一滴雨都会一喜一忧，可唯独吉备真备对天气毫不在意。当时他已年近六十，尽管脸上深深地刻满皱纹，手脚的皮肤也遍布着无数的黑色斑点，可他身上散发的蓬勃朝气却令人吃惊。倘若偷偷观察一下他桅杆下的房间，就会发现他大多时候都在端坐着读书，有时则躺着午睡。只有早晨和晚上他才会走出房间，在躺满人——由于晕船以及对海难的恐惧筋疲力尽地躺在那里——的船内溜达一圈。虽然不跟任何人搭话，不过也绝非冷若冰霜难以接近的那种。

在行贺的眼里，只有吉备真备与其他人不一样。真备在养老元年的那次赴唐，再加上此前乘第九次遣唐船回国的经历，他前后共经历过两次渡海，因此这次的渡海已算是第三次。不过，他的镇定似乎也不全是因为这些。这或许就是常年修学经史研究诸艺之人才会具备的那份从容吧。

行贺曾见过吉备真备带来的唐朝书籍。那还是在行贺十五岁的时候。《唐礼》一百三十卷、《大衍历经》一卷、《大衍历立成》十二卷、《乐书要录》十卷等等，行贺虽不懂都是些什么书，可有一点他是清楚的，即这些都是超乎自己想象的庞大的未知知识的集合。这些书籍带着一种令人不敢正视的耀眼光芒，被静静地放在兴福寺回廊的地板上，给行贺留下了无比深刻的印象。

航行途中，真备同行贺只打过一次招呼。

"害怕吗？"

真备说。

"不怕。"

对方竟然问自己是否害怕，这让行贺有些意外。

"那就好。我还以为你一直很害怕呢。每次看到你你都在读书，令人钦佩，不过当你的眼睛离开书本的时候，就总觉得你的眼神中透着一种怯懦。坐船并不可怕。我都第三次了，每次航行都平安无事。连云雨都会躲着我的船走。"

行贺有些惊讶，抬起低着的头。尽管他对自己眼神怯懦一说并不服气，可他并未反驳。行贺虽然年轻却很老成。他个头不高，还有驼背，所以从幼时起他就知道，自己的长相和神情是不会给人留下好印象的。再加上近几年读书用功，把眼睛都弄坏了。读书时如果不把书本拿到眼前，连字都辨别不清。所以，很可能是行贺给人的整体印象，以及读书时总把眼睛趴在书上的独特方式，才让真备产生了一种性格懦弱的错觉。不过这倒也无所谓。可让行贺不懂的是，真备那种连云雨都躲着自己走的自信究竟来自哪里。他实在猜不透这种自信的源头。

真备只说了这些就离开了行贺。就在这时，一阵低低的笑声忽然从行贺身旁传来。发笑之人名叫仙云，是上船以来第一次开口说话。身份跟行贺一样同为留学僧。仙云是玄昉的门下，年龄比行贺长三岁。他脸盘大，手大，体格也大，虽然名字听到过几次，可见面却是上船以来头一次。据说他本人很有才华。

从船只离开博多的时候起，仙云就一直在仰面躺着，张着嘴。他似乎以为这样就能逃避晕船。可就算是这样，他照样晕得厉害。苍白的脸上胡须疯长，张着的嘴里还不时传来大口的呼气声。

尽管他形貌不堪，可眼睛却与行贺不同，深处总透着一种桀骜，爱瞪着眼看人。

"有什么可笑的？"

行贺问。

"连云雨都会躲着自己走，这想法也太可笑了。真是太自以为是了。"

仙云板着脸说道。对人们公认的日本最新的知识人真备竟不以为然，行贺对他桀骜的言辞半反感半惊讶。

行贺在航行途中只同仙云说过这一次话。仙云似乎胃不好，即使其他人都从晕船中恢复过来，可唯有他仍像死了一样横躺在那里。无论海色变浅绿时众人的喧嚣，还是变黄浊时大家的惊讶，他都毫无反应。只有当船只进入扬子江，因退潮被搁浅在沙上，再也不能动了的时候，他这才拖着骨瘦如柴的身体爬向船尾，把目光投向异国的浩瀚江面，用他桀骜不驯的大眼盯着黄浊的水面，永不离开。

平安踏上唐朝国土的遣唐使一行，于此年年底赶到唐都长安，谒见了玄宗皇帝。

大使藤原清河出身名门，英俊潇洒，举止优雅得体，当时四十七岁。玄宗皇帝看到清河、真备等人后，盛赞使臣来自礼仪之邦君子之国,并令人画下清河、真备、古麿的肖像,藏于番藏之中。

长安城中还有一位安倍仲麻吕。养老元年第八次派遣遣唐使的时候,仲麻吕是跟玄昉、真备等人一同入唐的,后来就留在了唐朝,一待就是三十六年。

仲麻吕入唐之时是二十二岁,如今却已越过五十的门槛。他身着唐衣,言行举止已完全变成了一个唐人。跟其他留学生的做法不同,他进了大学,毕业后参加了进士科考试,成了一名官吏。一上任就做到了左春坊司经局校书,作为一名外国人是异常成功的。如今他已官至卫尉卿,位居从四品上,是独掌唐朝器械文物政令的高级官吏之一。

仲麻吕与副使真备是同年的入唐留学生,他们俩一个直接留在唐朝成了高官,另一个回国后作为遣唐副使再次入唐。

仲麻吕奉玄宗之命,让遣唐使一行先后游览了存放儒教、道教、佛教等经典的三教殿等东西两街一百一十坊的若干重点单位。然后,不知不觉间年根已至。

天平胜宝五年正月,清河、古麿、真备等人出席了唐朝的新年贺宴,与新罗使臣争夺席次,并最终在众多外国使臣中占据了最上席。当然,这也得益于仲麻吕的一臂之力。

这年秋天,一行踏上了归国之路。仲麻吕决定回国时是春天。在真备等人的劝告下,仲麻吕也决定结束长期的在唐生活,与遣唐使节一行共同回国。遣唐使一行的回国日期定下来后,玄宗皇帝赐诗给日本使节,还命朝臣将一行送至扬州。

一行辞别长安是在六月。行贺与仙云自入唐以来一直住在长安一处寺坊里。在此期间,二人已能初步听懂唐语,对唐人的风俗习惯也逐渐适应。当遣唐使一行离开长安之时,仙云直接留在了长安,行贺则决定将一行送至扬州。他的主要目的是一睹与一行人共同赴日的扬州延光寺高僧鉴真的风采。

一行人去扬州迎接鉴真,然后赶往乘船地点苏州。他们分乘四艘船从苏州出发,时间是十一月十五日。

第一船乘坐的是清河,第二船是古麿,第三船是真备,第四船则是判官布势人主。仲麻吕被分在第一船,鉴真及随从则被分到了第二船。

四艘船入海之后立刻遭遇了暴风雨,其中吉备真备所乘的第三船漂流到了纪州,第二、第四船则被海浪冲到了萨摩的海滨,总之,乘坐在这三艘船上的人全都踏上了日本的国土,可清河、仲麻吕所乘的第一船却被吹向了南方,最终漂流到安南。他们多数人被当地人所杀,十分不幸。清河与仲麻吕则好歹保住一条性命,只得再次踏上唐朝的土地。

行贺与一行在扬州分别后返回长安，时间已是第二年天平胜宝六年夏天。当时，仲麻吕等人乘船覆没的流言已传遍长安。

又过了两三个月，一日，仙云外出时，也不知是从哪儿弄到的，竟拿回来一张纸给行贺看，上面写有诗人李白吊唁仲麻吕的一首诗：

日本晁卿辞帝都，
征帆一片绕蓬壶。
明月不归沉碧海，
白云愁色满苍梧。

晁卿是仲麻吕的字。行贺想起这次的云雨果真又躲着真备走，而清河、仲麻吕等人却没能沾光一事，不禁十分感慨。

可是，又过了半年余，当渐浓的夏日阳光开始洒落在九街十二衢的路边榆树上的时候，清河与仲麻吕的身影也出现在了长安都城，时间是天平胜宝七年六月。仲麻吕再次为官，清河则改名河清，也在唐朝做了官。

行贺与仙云跟遭难前的清河与仲麻吕连说话的机会都没有，可当两人第二次出现在长安后，他们便有了与这两名前辈见面的机会。行贺并未跟他们亲密地说过话,仙云则不怕难为情,要么去衙门要么去私宅主动去见二人,从他们那儿打探到消息后,再转告给行贺。

在行贺与仙云看来,鉴于此前的经历,仲麻吕再次仕宦毫无问题,而藤原清河的做官则存在问题。清河做官也就意味着他失去了重返日本的意志。仙云言辞激烈地痛骂二人说:

"当一个日本人丧失了踏上日本国土之心时,他就已经彻底完了。看来,清河跟仲麻吕都是些烂人。"

话虽如此,可他对真备也并非尊敬。当说到真备的事情时,他又说了句:

"云雨吗?"

言辞中分明透着一丝轻蔑。仙云似乎将真备的幸运视为了其与生俱来的东西,将真备视为了一个与佛陀无缘之人。

至于行贺,他对清河的做官和仲麻吕的长期滞留唐朝并非不理解。并且他对牺牲那么多人的遣唐使派遣一事也多少抱有一些疑问。在行贺看来,二人到唐朝为官是对日本当政者的一种默默的抗议。在唐朝已获尊贵地位的仲麻吕完全没必要冒险回故国,这种心情他是能够理解的,可另一方面,他对这种行为也抱有一种反感。尤其对清河忘记遣唐大使的职责在唐朝做官的行为,他跟仙云同样是由衷地反对。

"可是，我目前也不会回去的。"

仙云最后竟说了这么一句。

"有那么多事情需要我们去了解。有多少条命都不够用。"

仙云用他一贯刺目的目光盯着行贺。眼神中透着一种恋人般的激情。入唐以来每天刻苦学习的辛劳，让他不时地变成了一个狂人。

之后过了大约半年，行贺、仙云二人同时离开长安东西分别。二人都身着唐朝的僧衣。行贺像此前所有的入唐僧那样，直奔北京西南七十里处的五台山。仙云则没有特别的打算，说是先到扬州的开元寺看看再说。此时正是天平胜宝八年（公元756年）春天，已是长安郊外杏花李花竞相开放的时节。

第十次遣唐使派遣，日本最大的收获便是跟古麿、真备等共同赴日的高僧鉴真。鉴真首次将戒律传入了日本。除鉴真外，其他随行的僧侣们也进入日本，以佛舍利为首，将律宗、天台宗的经疏类、佛像、王羲之真迹等带到了日本。

大使藤原清河滞留唐朝不归之事在日本变成了一个大问题。

问题解决方案的初步成形是在天平宝字三年（公元759

年），高元度作为迎藤原清河回国的大使被渤海国的船送入唐朝。当时恰逢安禄山之乱，高元度未能谒见当时的皇帝肃宗。可在他滞留唐朝期间敕令却被下达。

虽然在使者的请求下清河想返回日本，可由于国内残贼未平，行程上存在诸多困难，清河的回国只能寄望他日。高元度也建议他最好取道南路——总之，情况大致如此。

高元度在唐朝待了三年，未完成使命空手回了日本。后来也没见到清河有回国的迹象。

行贺自求学之旅返回长安是在天平宝字六年（公元762年）夏天。因为他听到了第十一次遣唐使入唐的传言，想搭乘便船返回故国。入唐后历经十年的岁月，如今行贺已是三十四岁。

事实上，当时日本的确公布了第十一次遣唐使派遣的计划。淳仁天皇天平宝字五年（公元761年）十月，仲真人石伴被任命为遣唐大使，船只则由此前的四艘改为两艘。次年四月仲真人石伴虽获赐节刀，可由于海上风浪猛烈，最终丧失出航时机，第十一次遣唐使计划中途搁浅。

因此行贺未能抓住回国的机会。从天平宝字六年到七年，行贺一直待在长安，在一处僧坊里没日没夜地埋头抄经。

在此期间，行贺跟藤原清河只有过一次亲密的谈话。难得清河极力邀请，他登上旗亭，与清河共饮。二人真正交谈这还是第一次。

行贺登上旗亭后才知道，清河邀请自己是为了安慰丧失回国机会的自己。

在席上，行贺问清河为何本国派使节来迎了都还不回去。结果，清河像一个唐人一样毫不动容，简短地说道："跟自己同时遇难的一百几十号人，他们大部分不是被淹死，就是被当地人杀害。若只是我一人回去，我的妻儿老小倒是高兴了，可他们的妻儿则做何感想呢？"

行贺一怔，凝视着清河的脸。清河已经年近六十，尽管举止依然优雅，却无法掩盖自己的年迈。从他的脸上已无法想象那个从前的贵公子的英俊潇洒。

尽管名字改为河清，变成了唐人的名字，可改变的岂止是名字。连肤色、眼神也都逐渐失去了他的本色。

虽然清河并未回到故国，可日本国内仍将他作为入唐大使对待。在唐期间，清河已被故国那边任命为文部卿，位阶也升至正四品下。

行贺盯着眼前这位在故国被厚遇在唐朝也受重用的老人的脸，觉得这张脸与从前的清河已完全不同。

这一年，行贺又在春明门附近遇见了安倍仲麻吕。时间刚好是仲麻吕被任命为镇南都护的消息入耳不久。仲麻吕曾作为一名漂流者漂流到过那里，如今则是作为一名统治者赶赴那里。行贺对这位六十有余的老日本人并不觉得亲切。他已经不是日本人，而完全是唐朝的一位著名的武人、官吏、文人。

行贺是迎面与仲麻吕碰上的，而仲麻吕，对于行贺是否承认他是日本人，对于行贺的点头致意几乎未表现出任何反应便擦肩而过。行路的唐人们则对这位唐朝的高官连连让道。

尽管行贺觉得，无论从哪一方面看仲麻吕都完全变成了一个唐人，可他还是依稀觉得仲麻吕与身边的唐人们有所不同。虽然弄不清究竟是哪儿不同，可他的身上依然有一种东西让人产生这种感觉。行贺跟在仲麻吕身后，保持着三间①的距离走了一丁②左右。他禁不住诱惑，总想找出到底是哪儿与唐人不一样，可最终还是没能发现。

倘若真有不同的话，或许便是他的经历了吧。作为留学生入唐，然后成为唐朝的官吏，虽一度想回国却未果，最终将时日无多的老迈之躯送往唐朝的边境。也许是他特殊姿态的表情打动了行贺的心。

与清河的谈话是在春天，跟仲麻吕的邂逅则是在夏初。

---

① 1间约为1.818米。——译注
② 1丁约有109米左右，也写作"町"。——译注

之后，在第十二次遣唐使一行赴唐前的十五年时间里，行贺有如着了魔一样，拼命学习与抄经。前七年他是在定州、武陵、苏州等几座开元寺度过的，依照当初入唐时的目的学习唯识、法华两宗，后八年则在长安得到一处寺坊，住在了那里。

在长安住下来后，由于眼睛不好，他几乎没外出过。就连著名的西明寺牡丹都不知道。他不分昼夜地趴在桌前抄经，抄写的经典已达五百余卷。他天生的驼背越发厉害，高度的近视把他的身体弯成了两截，使他抄写时的姿势像是在舔书一样。

在这十五年期间发生了几件事。一件是神护景云四年（公元770年）一月安倍仲麻吕去世。仲麻吕作为安南都护、安南节度使长期待在异地，七十一岁时才卸任回到长安，第三年便去世。当时的代宗赐与他潞州大都督的称号。

另一件是自渤海使者之口听到的吉备真备之死。吉备真备是在仲麻吕故去数年后的宝龟六年去世的，行贺听到消息时已是他死后第二年。这位自称连云雨都会躲避自己的真备终生都被幸运垂青，留下了一串光辉的大足迹后仙逝。行贺知道，如果从他入唐的那一年推算，真备的年龄至少得过八十岁了。

还有一件，便是跟一起入唐的仙云的两次相遇。第一次相遇是在仲麻吕葬礼那年，行贺搬到长安的寺坊后不久。行贺意外地迎来了仙云的造访。

"厉害了啊。"

这是仙云见面开口的第一句。或许话里透着几丝揶揄，可由于行贺作为学僧已渐有名气，因此行贺便将这句视作了这位旧友坦率的赞美。尽管仙云外表寒碜，不过生活上似乎并不困难。

仙云当晚住在了行贺的寺中。由于入唐第三年分手以来再未见面，行贺对这位老友还是非常怀念的。二人彻夜长谈。仙云不知疲倦，足迹踏遍了大陆各地。尤其对人不多的峨眉山消息格外灵通，还在人称普贤净土的那山上待了好几年。

直到黎明时分，二人才在堆满了行贺所抄经卷的房间里小睡了一会儿。仙云对行贺的业绩既不怎么钦佩，也未贬斥。一言蔽之，毫不关心。仙云一如年轻时的样子，眼神仍像着魔一样。如若不是着了什么魔道，是不会有那种眼神的。但行贺不明白他究竟着了什么魔。

当行贺谈到不知何时才有机会归国时，仙云说道：

"你还想着回日本那事儿？"

只有这时，仙云才现出一种惊讶的神情，夸张地笑出声来。他这点很古怪。原本年轻时就喜欢弄些古怪的言辞，可在四十岁之后似乎越发厉害了。

辞别寺坊的时候，

"你来长安到底干什么？"

本该最先问的一句，行贺直到这时才问出口来。

"来给晁卿扫墓。"

仙云答道。

行贺觉得，仙云同他本人要祭扫的仲麻吕一样，也是一个丧失了故国之心的人。只不过，二人的不同之处在于，仲麻吕飞黄腾达，仙云则一无所有。行贺想起仙云曾痛斥仲麻吕与清河不回日本之事，本想提及可又怕对方忌惮，便放弃了。

行贺与仙云第二次相遇，是在听到遣唐使即将派遣的宝龟七年秋天。距上次相遇又过了七年的岁月。

当行贺听说胡商居住的陋巷里住着一个狂人般的日本僧侣时，从容貌和年龄推测，行贺觉着很可能是仙云。第二次听到同样传言的当天，行贺直接便去了那儿，想当场确认一下是否是仙云本人。

行贺来到胡人店铺林立的一片区域。陋巷里聚集着服装各异，口操不同语言的胡人。

行贺看到仙云正在那儿向行人吆喝，嘴里不知在嚷嚷着什么。的确,他的样子让人只能觉得是个狂人。他嚷嚷的很可能是胡语,可行贺却一点也听不懂。

"仙云!"

行贺喊了一声,仙云惊讶地扭过头来,一侧的脸上立刻浮出一种异样的笑。不知为何,行贺忽然想起在赴唐的船中最初遇见仙云时的脸来。仙云缓缓地朝行贺走过来。行贺确认曾同为留学僧的这位朋友并未发疯后这才安心下来。

当时,二人站在陋巷的一角简单地聊了一会儿。原来,仙云计划经西域去天竺,想寻找与他同行的胡人。赴天竺是他十多年来的夙愿,即便是在过去,他也曾数次尝试过此事。

"我想看看释尊的诞生地,看看佛教曾经发祥和繁荣过的国度。你肯定也想看看吧。我真的只是想去看看。"

他如此说道。当天的风很大,加上周围尘土飞扬,仙云给人一种蓬头垢面的印象。赴天竺之路从数年前起唐朝僧人便在走海路了,可他却要坚持走陆路,或许是因为他晕船。

行贺听完他的话后,又试着说起了近期有可能实现的遣唐使派遣一事,结果仙云说:

"那,咱们就分别吧。这次是真正的分别了。"

尽管语气低调,可眼睛却像推开般地看着行贺。

又过了一个月左右,行贺再到那儿造访仙云时,已没了他的人影。

第十二次遣唐使人选的发布，是在光仁天皇宝龟六年（公元775年）。以佐伯今毛人为大使，大伴益立为副使，消息是在六月发布的。第二年，宝龟七年八月，今毛人带节刀出海，结果未得到顺风，不得已回到博多。后来不知发生何事，副使益立被废，由小野石根、大神末足两人接替。

第二年，宝龟八年六月，大使今毛人患病，石根、末足两副使替他率一行出发，此时距上次派遣已过了二十六年。

幸运的是，一行平安地抵达唐朝。当时，石根还携带了日本朝廷写给藤原清河的书信：

"汝奉使绝域，久经年序，忠诚远著，消息远播。故，今令聘使迎之。乃赐绢一百匹，细布一百反，砂金大一百两。盼汝努力，与聘使共归朝。相见不远，旨多不及。"

赐书之时，清河已七十二岁。在唐期间，他接连被日本朝廷授勋，任常陆守，位从三品。

石根等遣唐使一行在长安待了半年后，初春时再次出发。他们要在十月从苏州乘船回国。

行贺当然盘算着与这次的遣唐使一起回国。初入唐之时，他并未打算久居于唐，可由于遣唐使派遣一直处于中断状态，岁月在不知不觉间流逝，转眼间他已五十岁。

接到诏令后，清河的反应深受瞩目，可清河决不让人窥伺自己的意志。此时，清河已变成一个沉默寡言神情严肃的老人，谁也搞不懂他究竟在想些什么。

就在遣唐使一行离开长安的前几日，行贺突遇清河的造访。当时，他带了一名二十岁的姑娘，名叫嬉娘，是他来唐之后与一唐朝女子生下的女儿。

在行贺的寺里，清河第一次向行贺透露了自己的心思：

"我太老了，不能回国了。事情的进退都有时机，我回国的时机早已远去。我想让女儿替我回国。我觉得求你最妥，今日便将女儿带了来。"

清河说道。神情一如往常的严肃。

嬉娘酷似年轻时的清河，相貌端庄。父亲说罢，她默默地来到行贺面前，低头行礼。

"你想看一看日本国吗？"

行贺问。

"毕竟是父亲的国家，我当然想去看一看日本。可是，我却不想因此与父亲分开。可父亲说，我必须要懂得与父亲分别的滋味。他是不是说，不能只让我一个人享清福呢。"

最后一句嬉娘是带着一种疑问从口中说出来的。或许，清河是思虑留在故乡的妻室，才想将嬉娘置于同样境地的。

这时，行贺望了一眼清河，只是耳背的他似乎并未听到女儿的话，眼睛仍凝望着寺内的木兰树，面无表情，板着脸坐在那儿。

拒绝了祖国朝廷的召唤，把嬉娘交出去代替自己——行贺只想如此坦率地理解清河此时的内心。行贺与清河约定，回国之际一定会带上嬉娘的。

嬉娘是与遣唐使一行一起离开长安的，只有行贺因为工作关系迟一月才动身。因为他要带回日本的经论中还剩一些没抄完，他无论如何也要抄完。

行贺带着数量庞大的经典赶赴苏州，结果途中遭遇意外，不幸被盗贼监禁，等赶到扬州时已是十一月初，比原计划迟了一个月。到达苏州时则已是十一月中旬，四艘遣唐使船早已于九月初和十一月初分两次启程。

茫然的行贺进入苏州开元寺，他心情黯淡，连动都不愿动一下。到苏州后的第十天发生了猛烈的风暴。之后数日，行贺每天都能在扬子江面上看到大量遇难船只的碎片。

由于这场暴风雨，扬子江上不知有多少船只出现严重损毁和倾覆，在海上遭遇风暴的两艘遣唐船也不例外。

两船之中，一艘勉强回到日本，另一艘则被断为两截，副使石根等三十八人与唐使赵宝英等三十五人均被大海吞噬。被折断的船头漂流到了肥前，船尾则漂到了萨摩。船头船尾分别载有几十名幸存者。其中，替清河回国的嬉娘也在船头的幸存者中。

行贺在苏州的开元寺迎来了宝龟十年。然后就在这年的春末，他获悉了藤原清河去年底在长安去世的消息，享年七十三岁。当时，遣唐使一行是否平安的消息尚未传到唐朝，因此，对于嬉娘的生死，行贺并不了解，清河也不清楚。

行贺获悉嬉娘已踏上日本土地的消息是在这年夏天。清河将嬉娘托付给他，可他却未完成所托，因此一直担心着嬉娘的安全。当得知她也幸运地抵达日本后，行贺这才如释重负。

为了到清河墓前报告这一消息，行贺立刻动身赶赴长安。他年底达到长安，在长安待了半年后再次返回苏州，时间已是宝龟十一年底。因为在苏州容易搭回国的便船。此时的行贺心里念念不忘的仍是回国之心。

行贺在眺望扬子江黄浊飘渺的江面的过程中又过了三年的岁月。

行贺搭乘去日本的渤海国船只漂流到肥前松浦郡是在延历二年（公元783年）秋天。当时行贺五十五岁，在唐时间已三十一年。

第二年延历三年六月，行贺进入奈良兴福寺。

数百名僧侣齐聚东大寺，聆听行贺讲唯识、法华两宗的宗义,是在他进入兴福寺的第一个月。东大寺僧人明一担任提问人,与行贺对坐。

可无论明一问什么行贺都无法回答。行贺已极不适应说日语。明一不断地在说着什么。虽然行贺能听懂对方提问的意思,可就是不好回答,十分尴尬。事实上,无论对方问什么他都无法给与满意的回答。

数刻的时间过去,突然,一声厉喝从行贺的头顶传来:

"经久岁月,学识肤浅!"

行贺茫然地望望眼前满脸怒气的明一,又望望对面鸦雀无声济济一堂的数百名僧众。

"浪费两国粮食""辜负朝廷期望"——行贺只觉得谴责的话语不断敲打在自己的额头上,抽打在自己的脸上。

这时,有样东西忽然填满了行贺的心。那是一种悠悠岁月的光影般的渺茫感慨。行贺闭着眼睛,沉浸在这感慨中。与佛教所谓的"空"略微不同,他只觉得有种东西填满了自己的心。既像他在唐朝长年经受的黄沙,又像扬子江那浑浊的黄褐色流体。行贺为自己无法向任何人表达心情而焦急。他仍闭着眼睛。这时,仲麻吕与清河二人的身影竟无比自然地浮现在眼前,后来连音信皆无的仙云也被回忆了起来。

行贺忽然觉得眼前模糊了下去。明一的面容、数百法衣、经案、圆柱、头顶的庄严,眼前的一切影像忽然间都失去了焦点变得模糊起来。泪水溢满了行贺的眼睛，然后顺着脸颊滂沱地流下来。行贺任由泪水久久地抛洒。

后来，对于行贺因无法回答明一提问而流泪一事，世上一直充满着各种批评的声音。虽然也有一些善意的批评说"长途一踬岂妨千里之行""深林枯枝何妨万亩之影"之类，但更多的则是否定之词。

行贺把自己关在兴福寺里不见人，他佝偻着回国后越发衰弱的身体，继续在案前抄经。他执笔抄写了《法华经弘疏赞略》，又抄了四十余卷《唯识佥议》。

至于清河的女儿嬉娘后来如何，则没有任何有关她的消息。

行贺后来成了兴福寺的别当，于延历二十二年圆寂，享年七十五岁。

（《中央公论》昭和二十九年三月号）

幽鬼
ゆうき

晚上十时，光秀率麾下一万零七百名兵将从居城龟山城出发。既然是远征中国地区①，一般来说都是在早晨集合队伍，然后再威风凛凛地从城门出发的，可这次的出征仿佛要发动夜袭似的，竟趁着夜色悄然离开龟山，这让所有人的心里都怀有一丝恐惧。可是，在行军了五六町之后，这种念头便从所有人的心头消失得无影无踪了。

这年的天正十年，刚听到五月的脚步声天气就格外热。没有梅雨，炎热的阳光每天炙烤着丹波一带的山野。入下旬后，明明眼看着要变天的样子，可阴沉的天空底下仍没有一丝风，令人窒息的闷热日子依然继续。晚上也很热。携带着沉重武器装备的兵将们身上瞬间沾满了汗水与灰尘。而且行军才刚开始，要赶到备中的战线不知还要走多久，大家都在心中各自计算着行军的路程。

---

①中国地区是指日本本州的西部地区，主要有冈山、广岛、山口、岛根、鸟取等县。以下同——译注

主将光秀走在部队的先头。尽管是在马上，可光秀同样全身是汗。用手一摸马脖子，上面也像抹了油似的早被汗水濡湿。可光秀本人却没怎么感到热。由于这两三天没怎么睡，疲劳已化为恶寒，冒出的汗水瞬间就会冰冷地沁入肌肤。

尽管行军还在继续，可光秀仍未决定究竟是去三木原还是老之坂。三木原是去中国的顺路，可如果走老之坂那就只能通到京都了。在通过条野的部落之前自己必须要作出决定。随着马一步步前行，光秀越来越需要做出决断，决定走哪条路。

安土的信长命自己向中国进军是在半个月前的五月十七日。光秀立刻从居城龟山返回近江的大本营坂本，在坂本待了六天后，于二十三日再次返回龟山，然后命全军准备出征。二十八日，光秀参拜了爱宕山，当晚在那里斋戒祈祷，次日二十九日，光秀在爱宕的西坊与连歌师里村绍巴等人举行了一场百韵歌会。光秀吟了一首"时机不可失，绵绵梅雨潇潇下，正是五月时"。光秀第一次萌生弑杀主君信长的叛逆念头便是在此时。因为他当时从满座的人那里听到了信长与嫡子信忠将于今明两天进入京都的传闻。机不可失。信长肯定不会直接率军进京都。而自己因为要赶赴中国战线，可以任意调动一万兵力。只要要了信长的性命，他半生的业绩就会直接转入自己掌中。而一旦丧失，这种好机会恐怕今生再也不会眷顾自己。

虽然光秀在口中吟着"时机不可失"，但他后来却一直犹豫不决。光秀紧握着昼夜出汗的双拳。虽然已获悉信长二十九日会进入京都的本能寺，可取了信长首级后下一步该如何行动，他尚未合计清楚。部队随时都能进发，光秀心里仍未决定到底该走哪条路。就算想动部队也不能动。

直到今夜九点，京都使者来后此事才完全决定下来。光秀从使者口中得知，本能寺的信长毫无防备，信忠则去了室町药师町的妙觉寺，同样势单力薄。至此光秀才第一次痛下决心，立刻向麾下的全军发出了进军的命令。

可是，从出城门之时起光秀的决心就开始动摇了。杀掉信长跟信忠是没问题的，可杀掉后的下一步自己依然看不透。对于弑杀主君信长的这点他没有任何犹豫。要想在这种战国争雄的时代里生存下去，无论主君还是亲骨肉，必要时杀死他们也是情非得已。自己所觊觎的信长本人就是通过这种方式构筑起目前地位的，信长麾下知名的部将们也多少都拥有类似的过去。光秀始终认为自己也需要这么做，大不了把信长干掉就是。只要杀掉信长自己就能夺得天下，否则，将来自己连一席之地都不会有。环顾四周，在信长的部将当中，光是势力超过自己的就有数人。他们中既有家康又有柴田胜家，有泷川一益还有丹羽长秀。就连长年在自己之下的羽柴秀吉目前都深受信长宠爱，正试图超越自己。就说现在，秀吉已成为中国战线的总指挥，去年进攻因幡拿下鸟取城，今年又攻入备中，目前正在攻打毛利辉元的属城高松城。而自己这次出兵中国的任务也是去支援秀吉的。与秀吉相比，自己的地位已远逊对方。既然觊觎天下，就要先下手为强，正所谓机不可失失不再来。

今晚就干掉信长与信忠，然后立刻消灭京都的信长余党，再向毛利、上杉、北条、长曾我部等地方诸将派遣使者构筑共同战线，再向信长的部将们派遣诱降使者。自己本人则直奔近江，诱降濑田城主山冈景隆，再进军安土城。尽管与留守的蒲生贤秀免不了一战，不过拿下对方用不了一日。伊势、伊贺是织田信雄的地盘，不过反抗信长的分子也很多，这几分之一的反抗分子应该会投诚的。

上野的泷川一益、甲斐的河尻秀隆、信浓的森长可、毛利秀赖、北陆的柴田胜家等，由于他们地处偏远，可暂时不理会他们。自己则趁机巩固地盘。长冈的细川藤孝、忠兴父子与自己多年交好，忠兴之妻则是自己的女儿。因此，这二人肯定会响应自己。将自己的第四子纳为嗣子的筒井顺庆无疑也会加入自己的阵营。

总之，与信长麾下武将的大决战不可避免，不过，在此之前，自己阵营的力量肯定已胜过了对方。

可是——光秀又想，自己现在所想的这些全都是建立在假想之上。一切都是假想，这一点令光秀不安。哪怕能有一根可靠的支柱也好。可如今自己却不敢奢望。就目前来看，计划只是他一个人的，自己还没有任何一个伙伴。

部队依然在没有一丝风的昏暗的山野间上上下下。光秀只觉得自己离开龟山城才半刻工夫，可事实上，时间早就过了一刻以上。

光秀一直跟着一支先行的徒步小分队。进入平地后，光秀让坐骑小跑起来，想缩短与先头部队的距离。

可在反复追赶了数次之后，光秀忽然觉得有点纳闷。自己刚才就一直策马追赶前面那一队人，可无论自己怎么追，距离仍未缩短。而且，前面的部队还是支徒步部队。

光秀这时才从个人的苦苦思索中跳出来，凝视前方。十多人的一队人正小跑般疾步前进。光秀勒了勒马缰绳，他不想脱离后续部队。结果前方的那一队人也停下脚步，静静地停了下来。

光秀凝视着前方这一队人，不久后再度进发。于是，仿佛在与他遥相呼应似的，前面的那队人也进发起来。光秀这时才第一次觉得奇怪。回想起来，起初自己一直是在部队前头的，之后位置也应该没有变化。

光秀勒住马。

"他们是哪一组的?"

光秀向紧跟在自己马侧的沟尾胜兵卫问道。

"啊!?"

沟尾胜兵卫只是含糊地应了一声,之后便没了下文。

"先行的那些人是哪一组的?"

"先行的?"

"你没看见?"

说到这里,光秀把后面的话咽了下去。

"晚上可真闷热。"

他把话题岔了出去。因为他忽然意识到,似乎只有自己一人看见了沟尾胜兵卫看不见的东西。

光秀再次朝前面的黑暗中望去。只见有一人立在那里,其余十二三名武士则弯着腰,单膝跪在立着的武士周围,似乎在警戒。

武士们全都身穿盔甲。在光秀凝视期间,这一团人竟有如一件摆设品一样,坐在黑暗里一动不动。

不久,光秀不由得一声惊叫。因为他从昏暗的夜光中看到了武士们后背的装饰图案。白地黑色的图案,宛如一条蜿蜒的蜈蚣。竟然是丹波的豪族波多野氏的旗号!

光秀觉得,此时此刻这儿是不可能有波多野的武士的。

波多野一族早在三年前就在八上城灭亡，他们的领国丹波现在早已是光秀的领地。

"那不是波多野的武士吗？"

"啊！？"

沟尾胜兵卫发出跟刚才同样的含糊应答。光秀意识到又是只有自己的眼睛才能看到后，便以为是自己太累了。

"休息一下。"

光秀说罢跳下马，在路边山白竹丛上坐了下来。然后思索起别人眼睛看不到，唯独自己才能看到的那幻影的真相来。那不是一般的武士，而是波多野武士，这一点还是很可怖的。想必前方的幻影武士如今也正在休息。然后，只要自己前进，对方也一定会动起来的。

光秀闭上眼睛，想把这一队人影从自己眼前抹掉。

光秀在丹波的八上城灭掉波多野一族，是在天正七年六月初。光秀于天正三年奉信长之命夺取丹波地区，这令光秀吃尽苦头。丹波地区崇山峻岭，长期占据此地的豪族波多野一族率领精悍的武士誓死抵御新势力的入侵。光秀数次从大本营坂本城出兵入侵丹波，转战丹波各地，同波多野的军队进行交战，也曾一度控制过丹波全境。可光秀刚一离去，波多野氏就再次猖獗起来。

因此，他再次对丹波发动大规模进攻，最终将波多野一族成功逼入八上一城，时间正好是三年前的天正七年。

八上城有如一个倒立的擂钵，东西南三面都是陡坡，是一座名副其实的易守难攻的城池。光秀将城池围了数重，他只能用断粮草的方式来等待破城。

光秀派使者到城内议和，时间是五月中旬。光秀以将自己母亲送入城内做人质为条件，允诺如果对方开城投降将饶过三千城兵的性命，并且主将秀治等的领地保持不变。

两天后，城内传来消息，答应议和。又过二日，主将秀治与弟秀尚二人携八十名贴身侍卫，被一千名全副武装的武士护送到半路，然后下山而来。

光秀隆重地接待了这位勇猛无敌的多年对手，设酒宴款待。可当宴席进行至一半之际，光秀劝秀治等人去安土谒见信长，结果双方在此事上谈崩，酒宴顿时化为血肉横飞的战场。光秀将秀治的八十余名贴身侍卫当场斩杀，好不容易才将秀治、秀尚等十三人俘虏。

光秀虽将秀治等人俘虏，却无意背弃议和条件。依然打算如约承认秀治、秀尚等人的领地。可就在护送他们去安土的途中，由于被俘时所受的伤势加重，秀治最终气绝身亡，而被送至安土的秀尚等十二武士，也因信长之命在慈恩寺被砍头。

由于这次的事件，八上城内的光秀母亲等十多名人质也被愤怒的城兵处以磔刑。

对光秀来说，这绝非一件令人高兴之事。尤其是自己亲自在安土城监斩十二人之事更令人不快。秀尚等人被砍头时，一个个咬牙切齿，发誓报仇。当时秀治的首级也与其他人的首级摆放在一起，可不知是怎么回事，秀治的首级竟在地上滚来滚去，滚入一族的首级中后，径直立在了地面上，怒目圆睁。

光秀将眼睛闭上又睁开，反复数次。然后掸掉山白竹叶再次上马。那队波多野武士终于从眼前消失。

夜色比刚才更深了。光秀再次开启痛苦的思虑。两条路选其一，决断已迫在眼前。

过了一会儿，光秀问身边的随从：

"这是哪儿？"

"马上就到老之坂了。"

"什么？！"

光秀还以为耳朵听错了。自己竟连什么时候又是如何来到老之坂的都未察觉。

光秀命部队暂时休息，然后他第一次将几名武士召集到自己身边，想向大家挑明大事。既然已来到老之坂，那就破釜沉舟。不管愿意与否，事到如今自己已没了退路。

左马助光春、次右卫门、藤田传五、斋藤利三等人参加了碰头。休息很快结束。

不久部队又开始行进，这次则不再休息，一直不停地行军。翻过老之坂后，前方水田里的水泛起白光。穿过沓挂的部落后光秀命全员吃饭，然后继续行军。当队伍渡过桂川之时，光秀第一次向全军下达命令，进攻本能寺的敌人信长。

进入京都时已是黎明前夕，而包围本能寺之时，夏季的曙光已开始在四面泛白。

这月十三日，光秀在山崎同获悉本能寺之变后从备中紧急撤回的秀吉大军展开对决。直到拿到信长、信忠的首级，光秀的一切行动都是按计划进行的，十分完美，可之后的过程就都事与愿违了。细川藤孝、忠兴父子并未响应光秀，筒井顺庆也采取了坐山观虎斗的态度，并未加入光秀军。

大战的胜负在十三日这天便决了出来。这一日，雨水久违地下起来。傍晚时分，光秀的主力被秀吉军包围，献身光秀军的武将们接连战死，战斗完全失败。光秀逃进平原中的胜龙寺城时已是夜里。可此城不久必会被敌军包围。为逃往近江东山再起，光秀与数名近臣趁夜色出了胜龙寺城。与光秀同行的有沟尾胜兵卫、进士贞连、村越三十郎、堀毛与次郎、山本山人、三宅孙十郎等人。

雨水敲打着新的战场，败走的同伴与追击的敌人的呐喊声、火枪声，在黑暗平原上此起彼伏，令人毛骨悚然。光秀一伙每人一匹马，从城北向东进发，来到伏见，又从大龟谷进入山地，朝小栗栖奔去。

如今光秀连他自己都弄不清自己的处境了。他的身心已疲惫到了如此地步。虽然弑杀信长才十三天，可此间不眠不休的行动以及对各方势力的顾虑让光秀完全脱了相。光秀只是默默地待在马上，任由马匹摇晃。

离开胜龙寺城大约一刻工夫时，光秀突然被一名随从勒住了马。

"那脚步声是追击者，还是自己人？"

侧耳倾听，倾盆的雨声中居然还夹杂着一种步兵的脚步声，似乎近在眼前。

"前面？"

"好像是。"

随从姑且应了一句，接着又说道：

"又好像是后面。"

听他这么一说，倒真像是从后面来的脚步声。不止是脚步声，还有人群嚷嚷的声音。

大家在路旁的竹丛里潜伏下来，想把有可能从身后赶来的这队人马让过去。可是，脚步声与说话声明明就在耳畔，却根本没有人影逼近的迹象。那声音永远伴着雨打地面的声音在众人的耳畔回响。

"奇怪啊。"

堀毛与次郎说道。若说奇怪的话还真是怪事一桩。

"也许是听错了吧。总之走走再说。"

主从一伙再次在不觉间已变成上坡的小道上走起来。人声与脚步声似乎依然与他们相伴。途中光秀忽然在黑暗中瞪大眼睛。因为他发现有二三十名武士正走在前方。而且，同光秀上次在黑暗中所看到的那队人一样，他们背上也带着波多野的蜈蚣图案。光秀仍凝望着前方的黑暗。

"你能看见有人在前面走吗？"

光秀说道。

"什么？"

"你瞧，就在前面的黑暗中。你看不见吗？"

一旁的随从盯着前面望了一会儿，不过，他的眼睛似乎并未看到什么。光秀见状朝一行人回过头来，说：

"暂时在此休息一下。"

"我们没空休息了。追兵马上就追过来了。"

沟尾胜兵卫愤愤地说道。

"不，休息一下。不休息很可能会走错路的，到时就到不了坂本了。"

光秀忽然飞身下马,跳到路上。他无论如何也要休息一下。将自己拉向老之坂的幻影武士再次俘虏了自己。不止是自己,如今在场的所有人都听到了那些幻影的声音。必须要让这些脚步声和说话声离开众人的耳畔。他本人则更需要把波多野武士的幻影从眼前抹去。

光秀站在那儿。雨依然在猛烈地下,想坐都无法坐。可就算是站着,睡魔仍在凌厉地发动攻势,试图包围光秀的全身。

光秀再次跨上马,瞪着前方。然而波多野武士们的影子依然无法从眼中抹去,仍清晰地映在前面那片异样的明影儿中。不久,光秀终于辨别出来,原来照亮他们身影的光亮是篝火。武士们的姿势也被篝火的光亮各自映照出来。他们有的站着,有的坐着。身上全映着红光,仿佛身体要被烧掉一样。

光秀催马前进,波多野武士们也前进,装饰图案在火星中摇曳。

"果然是波多野啊。"

"什么?"

"你看那个,走在前面的那人的旗帜。"

"您在说什么啊?什么都看不见啊。"

"脚步声能听见吗?"

"脚步声倒能听见。"

"那就是他们走路的声音。"

光秀再次意识到自己所说的话,觉得自己仍需要休息。可他现在无法休息。光秀在马上闭上眼。他又尝试着睁眼闭眼了几次,可怎么也赶不走波多野武士的幻影。

"唔!"

分明是疲劳导致的幻觉。尽管让人毛骨悚然,可光秀依然不想把他们看作怨灵。而且他从不信会有这种事。正因为自己疲惫,因为大家都疲惫,所以这黑暗中才出现了怪异。

"唔!"

第二次叫起的同时,光秀试图朝波多野武士们冲上去。可就在这一瞬间,光秀忽然感到一股火一般的疼痛掠过侧腹。他知道肯定有东西刺进了一侧的铠甲。光秀用右手抓住那东西,一下拔出来,然后用浑身的力气拽到手里。光秀抓住的竟是一根竹矛。在被拽过来的竹矛的另一头,还有一张正紧紧地握着矛杆的人的面容。

"波多野秀治!"

光秀已然叫不出声。眼前正是秀治的首级,秀治那紧咬牙关、半睁着眼睨视天空、在慈恩寺的院子里滚来滚去的首级!

光秀一撒手，想把竹矛推回去。可在接下来的一瞬，一股新的疼痛再次贯穿了全身。光秀逐渐丧失思考的大脑中感到，这一次竹矛是从侧腹穿透了后背。

有如一个肉串的光秀盯着对方。

"幽鬼！"

可是，眼前早已不见秀治那可怕的面孔，而是变成了一名狰狞的野武士，一双卑鄙的小眼正在龌龊的脸上熠熠放光。

光秀仿佛听到了人的叫声。光秀明白，自己的身体不觉间已不在马上，而是被竹矛刺着，正在地上左摇右晃。光秀瞪着临终前的眼睛。波多野武士、他们的图案以及照亮他们的篝火全都消失了。眼前只有茫茫的黑暗，倾盆的大雨依然在敲打着四方。

幻影的消失让光秀终于舒了口气。他觉得自己已极度疲劳。为了让自己进入永远不会醒来的休息，他决不相信幽鬼的存在。光秀朝前栽倒下去。

（《世界》昭和三十三年五月号）

# 平蜘蛛釜
ひらぐものかま

松永久秀想日后取代三好家的野心是从永禄三年二月他被任命为弹正少弼时产生的，当时久秀五十一岁。

这一年，他效忠多年的三好长庆成为管领。十多年的惨烈征战，将健康从这位刚刚三十八岁的新当权者身上彻底夺走。因此，无论自己愿意与否，久秀都必须替三好长庆执掌天下大权。可是，让自己成为名正言顺的真正当权者的欲望，还是在无意间俘虏了久秀。他认定，机会在最近两三年内便会降临。

津田宗达前来祝贺自己升任弹正，久秀将他请入茶室。久秀在跟武野绍鸥学茶，还取了个中国风的雅号叫"霜台"。茶室的地板上置一方盘，方盘上摆放着茶具名器作物茄子。客人只有宗达一人。五德上放着提壶，台天目茶碗、提桶形水指、圆形建水、五德形盖置、珠德的茶杓、高中茶碗等，所有茶具一应俱全。

茶具名器作物茄子是久秀的珍藏品，是他引以为荣的茶器，从不轻易示人。此物最初为茶祖珠光发现，由于珠光是将军家的茶道老师，此物便被交到了足利义政手中，后来又几经易主，从越前的朝仓太郎左卫门手中转入同为越前府中的一小袖和服店主的手中。后来，小袖和服店的店主为躲避越前暴动将此物寄存在京都一家袋包店，后来就到了久秀手里。

宗达说，天下名品能在乱世之中完好无损地进入久秀之手，真可谓花落名家，实在是可喜可贺。他这番话未必全是恭维之词。

可此时的久秀，耳朵里虽听着宗达的话，心里却在想着别的事。他从未想过此物能在自己手中待多久。虽说是天下名品，可到了该放手之时，自己一定会毫不犹豫地放手的。

久秀所收藏的东西远不止茶器。无论刀剑还是书画，只要是有名的东西他都会竭尽全力收入囊中。然后，久秀会把这些收藏品物超所值地加以利用。而且，他能把用金子买来的，而且是用最廉价买来的东西，置换成用金子买不到的东西。久秀对茶器、刀剑、书画的态度与其他人有些不同。对久秀来说，这些东西具有一种不可思议的魔力，会让人心忽然间倒向自己，或者也会让自己心想事成。久秀所以能从卑微的出身爬到今日的地位，不单是凭他用性命换来的战功，其实茶器、刀剑、书画也为他的飞黄腾达出了一臂之力。

但凡世上的名品，久秀无不想弄到手。可他本人却对这些东西并不留恋。

宗达回去后，久秀只把作物茶器小心翼翼地亲自收进盒子，其余的茶器则全是让助手收拾的。久秀用冷酷的眼睛——他黝黑、瘦长、冷漠的脸上唯有这一双眼睛显得十分冷酷——注视着助手的手，直至所有茶器被收拾妥当。

等茶室里只剩自己后，久秀仍面带着同一表情，久久地跪坐在那里。驻扎在摄津芥川城的那名十九岁的年轻武将——三好长庆的长子三好义长那精悍的面孔始终浮现在久秀眼前。长庆以及长庆的三个弟弟之康、冬康、长正，可以说，他们全都是用茶器或刀剑便可打动的棋子，可唯独义长不同。

久秀认定，万不得已的时候，自己只能设法将其从世上抹掉。暗下决心后，久秀这才从着魔般的状态中苏醒过来，从清冷的茶室往户外望去。从灌木丛中透过来的微弱的二月阳光洒落在石质洗手盆里的水上，熠熠闪光。

松永久秀初到阿波的三好家是在享禄二年十月。尽管有人说他的籍贯是阿波的日开谷，也有人说他出身于京都的商家，可真相如何没人能知道。因为久秀本人从未讲过自己的身世。他从右笔起家，后来成为老臣，天文十九年跟随长庆进入战乱中的京都。之后就把四十岁中的十年时光，在戎马生涯中全耗在了三好家的主人管领细川氏和将军义辉的身上，并最终在八年前的天文二十一年灭掉了细川家，将将军义辉送入京都做了傀儡，直至今日。而在这十年中，长庆主要在摄津越水城，手握兵权，久秀则一直坐镇京都。

久秀被任命为弹正的永禄三年，这一年他跟此前一样忙碌。执掌幕府政务的同时，他还要出兵弹压周边势力。阿波、赞岐、淡路、摄津、京都，这些全是三好氏的势力范围，全是三好氏一门的领地，而自己一旦与主家闹翻，这些地方全都会成为久秀的敌对势力。只有自己所在的京都才是久秀本人的地盘。而且，由于京都一直不过是软弱无力的皇室与有名无实的幕府的所在地，在战略上根本就没有价值。因此，要想图谋大业，久秀必须要有自己的根据地。

久秀所觊觎的是与京都相邻的大和与河内。河内虽是畠山的地盘，可如今势力衰微；大和虽是筒井氏历代的地盘，可如今的主人筒井顺庆多年与四面争夺，如今已是疲弱不堪。

久秀的计策是说服长庆，让长庆进入河内，自己则进入大和。

七月，长庆从摄津出发进入河内，在玉栉大破畠山高政的军队，到藤井寺布阵。接着，长庆又在大窪大破安见直政。尽管健康状况不佳，可这位年轻的新管领打起仗来却是雷霆万钧，仿佛被战魔附体一样，给人一种病态的感觉。

长庆进入河内的同时，久秀也进入大和，攻打井户良弘，令其逃窜。

八月初，河内的长庆在堀沟大破安见直政，月底则包围了畠山的大本营高屋城。几乎同时，久秀这边也拿下了井上城。

进入十月后，长庆最终把畠山高政、安见直政等人赶到和泉的堺，将饭森、高尾两城收入囊中。大和的久秀则攻取万岁城，接着又攻陷了泽日牧城。

就这样，整个河内与大和北部不到四个月便被平定。尽管久秀在大和的攻势无法与河内的长庆媲美，但是，在此期间，久秀本人却做了一件大事。他把攻城拔寨的事情延后，自己则用占卜的方式，将未来的根据地选为信贵山，并在此筑城。久秀命部下筑城，自己则在长庆回摄津的同时返还京都。

第二年永禄四年，一月二月，平静的日子竟久违地持续了两个月。在此期间，久秀曾数次巡视大和，指导信贵山的筑城工事。作为新的统治者，久秀对大和的百姓采取了严苛的态度。筑城的劳役与费用全部摊派给当地百姓。久秀一进大和，沿路的民家因畏惧久秀，全都关门闭户。久秀反倒更喜欢在这种无人的村落间纵马驰骋。在这样的局势下，他第一次有了一种精神支柱般的东西。

信贵山地处大和与河内两地的交界，是一座海拔四百八十米的山丘。山丘上原本有一座小要塞，曾由一名叫吉川喜藏的武士所建。久秀在这里建了一座有望楼的城。由于以前的城并没有望楼，因此，即使在整日忙于攻城略地的武士们眼里，这座城也显得十分异样与威严。

令久秀郁闷的是，这年正月，摄津芥川城的义长改名义兴，被任命为幕府的相伴众。虽然其父长庆也是盖世无双的作战高手，可是在战争策略方面，连长庆都要逊义兴一筹。并且，义兴已具备了将来足以背负起三好家的器量。虽然年纪轻轻，可在三好家一门与幕府中都很有人望。

久秀对主家的这位公子哥儿颇为敬重，义兴对久秀也十分谦让，对他由衷地怀有敬意与好感。到了三月，长庆之弟三好义贤（之康改名）又被加封为相伴众。虽然义贤本人不足为虑，不过他对久秀的态度，虽然未公然表露，可还是明显怀有敌意的。但是，久秀却毫不介怀，对他仍十分敬重。

若说这年上半年发生的大事，只有长庆请将军义辉驾临自己在京都的府邸并成功实现一事。这是征夷大将军第一次访问管领府邸。等于向天下所有人宣示，三好一门可任意控制将军。可殊不知，长庆是不得已才将自己的人接连送去幕府做相伴众的，这背后也有他本人的苦衷。因为不知不觉间，长年在京都巩固地盘的久秀，势力已逐渐有了欺主之势。

这年后半年，先前被长庆打跑的河内的畠山高政与近江的六角氏遥相呼应，蠢蠢欲动，不断在各地发动小型战役。十月，六角军入侵京都，因此，久秀只好再次出阵。

京都的这场战役一直持续到第二年。久秀、长庆、义兴发动所有兵力在京都迎击六角军。另一方面，畠山高政则包围了长庆之弟冬康所镇守的岸和田城，前去救援的义贤中流矢而亡。接到义贤战死的消息时，久秀对一旁的人说，该死的人不死，无足轻重的人却死了。

三月初，六角氏重整旗鼓，势力大振，因此，久秀未能保住京都，不得已与长庆、义兴等一起携将军义辉，暂时退至石清水八幡。六角氏则进入京都，在清水坂布阵。

久秀采纳义兴之计，避开六角军锋芒进入和泉，大破畠山高政，攻陷岸和田城，进而夺取河内高屋城，将高政赶至纪伊。于是，布阵京都的六角军撤回近江。不久，两军议和。六月二十二日，久秀携将军义辉进入毁于战火的京都。

可是，和平并未长久，伊势贞孝八月就入侵京都，和泉岸和田城也受到了畠山高政的进攻。九月，久秀大破伊势贞孝，将其诛杀。为拯救贫苦百姓，幕府只得施行仁政。

当长达两年的战乱暂时平息之际，久秀最先谋划的便是毒杀义兴之事。在与义兴并肩战斗，共抗畠山与伊势军队的过程中，久秀深感义兴是一名聪明的武将、战略家与政治家，其能力远超自己的想象。久秀认为，再也不能将三好家这个二十一二岁的小崽子留在世上。虽然义贤战死，可义兴似乎在任何战役中都不会轻易战死。

次年永禄六年，尽管久秀在正月赶赴大和，与多武峰僧都对战，可之后就未离开京都。尽管全国到处都在打仗，可唯独京都附近出现了罕见的和平，一直从春天持续到夏天。

八月二十五日，三好义兴在摄津芥川城急逝，时年二十二岁。父亲长庆悲伤至极，三好阵营完全沉浸在深深的悲痛中，哀叹一颗耀眼明星的陨落。

受长庆突然离世的打击，长庆此后一直郁郁寡欢，身体日渐衰弱。因此，政务全移至久秀之手，军令也到了久秀手中。

十一月四日，久秀邀茶人津田宗达、今井宗久、若狭屋宗可等人开了场早茶会。在六叠大的茶室里，台子上摆着平蜘蛛釜、饵畚形水指、合子形建水、圆筒形的杓立，地板上则置一方盘，方盘里放着圆座茄子。在参加者的眼里，这圆座茄子与作物茄子一样，也被誉为天下名品；而极少示人的平蜘蛛釜的出现，似乎也蕴含着特殊的意味。因为坊间都盛传是久秀毒死了义兴。

又隔一日，六日这天久秀又开了个午茶会，这次津田宗及也参加了茶会。四叠半的地炉，五德上放着新茶釜。久秀用天目茶碗招待大家只喝了茶。

两次茶会久秀都很高兴。久秀平生很少露笑脸，唯独这两天他全都笑容绽放，还讲笑话。可等到次日，他就重新变回了那个一向面无表情、冷若冰霜的古板老人。

年末时，长庆宣布将弟弟长正之子义继纳为嗣子。这是采纳久秀意见后做出的决定。由三好长逸、三好政康、岩佐友通三人来辅佐义继。

第二年，永禄七年五月，久秀从京都来到摄津的越水城探望长庆。长庆正眼神呆滞地跪坐在地板上。丧子之痛让他的疾病愈发沉重，不到一年，他已完全脱像，让人几乎认不出模样。

"外面有传闻说，河内饭盛城的冬康大人意图谋反。"

久秀对长庆耳语道。事实上，冬康对长庆让长正之子做嗣子的做法肯定心怀不满，因此，他背叛长庆也是有可能的。有如在作战时那样，长庆目光憔悴的脸上忽然闪出一瞬光芒：

"你打算怎么办？"

"我认为，关键是先查查事情真伪。"

结果，长庆带着一种嗜血者般的眼神说道：

"即刻派使者诛杀！"

久秀退下后，立刻返回京都往河内派出使者。九日，长庆仅剩的一个弟弟冬康便在饭盛城被杀。

又过了不到两月，七月四日，长庆病危。久秀赶到病榻前时，已瘦得如幽鬼一样的长庆，口中一面在反复念叨后悔杀了冬康，一面又像个幼儿一样任由泪水在脸上流淌。这位自天文十九年以来始终驰骋疆场，并最终将战旗插进京师的武将，如今已是面目全非。久秀在枕边服侍了不到半刻，长庆就咽气了。世间有传闻说他本人的儿子跟弟弟都是被久秀杀死的，可他始终都蒙在鼓里，至死都不知此事，享年四十二岁。

长庆死后，久秀跟三好家的三位辅臣共同辅佐义继执掌政务，可天下的实权已完全落入久秀一人掌中。尽管如此，就算些鸡毛蒜皮的小事久秀也全跟三好家的三辅臣商量，从未藐视过他们。既然对手无力抵抗，让让对方也无妨。而且，久秀还有事情需要他们协助。

长庆死后，久秀事事都要面见将军义辉。对于连一兵一卒都无力调动的将军，久秀以前从未关心过。只要不妨碍自己，让他永远坐在那个位子上也无所谓。该尽的礼节还是要尽的，这点器量久秀还是有的。就像长庆曾斥巨资请将军来自己府时一样，久秀也能请义辉的。

可是，一旦感到对方哪怕只怀有一丝的谋害自己之心，觉得对方刺眼的时候，问题就完全不同了。他必须要除掉碍眼的东西。

长庆死后，将军义辉开始警惕取代长庆并逐渐跋扈的久秀。这一点久秀心知肚明。

永禄八年五月中旬，久秀与三好长逸、三好政康、岩佐友通等所谓的三好家三辅臣共议大事。因为世上有风闻说，将军义辉在偷偷给地方的武将们送书信，企图除掉久秀等人，因此绝不能等闲视之。必须要确定真伪，倘若属实，则必须进行适当处置。

花那么多钱给他修二条第，他居然还背后捅刀子——当一名辅臣抱怨的时候，久秀一愣，忽然抬起脸来，叮问道：

"工程是不是还未全部完工？"

义辉已经搬进了修理过半的新府。据说连门扉都还没弄好。此时，一个自己做梦都没想到的念头忽然闪过久秀的心头：杀掉将军。久秀久久地回顾着将军——今年刚年届三十的年轻将军，他那肥胖的身体、从小便在辗转乱世中造就的那口无遮拦的性格、以及说话时额头发冷的表情。

"袭击二条第。"

久秀低声说道。异样的空气在四周蔓延。三辅臣在等待着久秀的下一句。

"拿下首级。"

久秀神情严肃,把声音压得更低。

久秀与三好家三辅臣各率军袭击二条第,是在五月十九日夜里。

久秀两三天前就从京都移至大和的信贵山城,可这一日,他却以祭拜清水寺为名,率武装部队直奔京都。途中三辅臣的部队也陆续加入。五月的天气阴雨连绵,部队在湿滑的平原道路上连续向京都进发。当夜在伏见、木幡、淀、鸟羽、竹田、美须、御牧等地辗转宿营后,部队于半夜时分包围了二条第。

义辉的临终是轰轰烈烈的,并未辱没乱世将军的名号。他身披将军家世传的盔甲,一直战斗到最后。府邸着火后,他留下临终遗言切腹自尽。义辉的母亲、妻子、侍女们也同时自杀身亡。

从五月到七月,久秀一直在已无将军的京都收拾乱局。对于将军的亲信,久秀没留一个活口。义辉自尽后不久,义辉之妾小侍从被发现后,被带到知恩院斩首。确定义辉的亲信全被诛杀一个活口都未剩后,七月五日,久秀将义辉的遗骸在等持院埋葬。

接着,久秀在七月七日捣毁天主教堂,流放传教士。久秀无法容忍这些来路不明的异国传教士。久秀的行为在三好家三辅臣的眼里也十分恐怖,仿佛一只恶狼忽然露出了牙齿,对人乱咬。久秀对三辅臣也一改从前的一团和气,事事霸道起来。

三好家三辅臣也感到了自身的危险,终于对久秀举起反旗,时间是义辉死后不久的十一月。

久秀渐感时局不稳,便放弃了毁于多年战乱的京都,转至最后的据点大和信贵山。在那里他获悉了三辅臣催促义辉的堂弟义荣从阿波东上,并与之合兵攻打河内高屋城,进而发动大军讨伐久秀的消息。

由于大和的筒井顺庆有意与三好党遥相呼应,久秀立刻从信贵山出兵攻打顺庆的大本营筒井城,迫使顺庆逃至布施。

战端开启后,久秀与三好家的军队在大和、河内各处展开了激战。

次年永禄九年,由于四处征战,东奔西走,久秀连坐下来歇口气的空闲都没有。两军的战线犬牙交错,双方互有胜败。

在此期间，久秀的心思全在迎敌上。百姓们家园被烧，田地被毁，还要在战场上被任意驱使，因此没有一个人不恨久秀。五月，久秀将战场移至他国后，天上下起了大雨。由于这是连日求雨后所下的一场及时雨，对庄稼十分有利，因而领地里顿时风平浪静，连鬼也不闹了。百姓们欢欣鼓舞，连说是上天的恩赐。

降下这场大雨的五月，久秀与多年敌对的河内畠山高政在和泉堺会晤，成功地将高政拉入自己的阵营。

六月一日，久秀、高政联军在和泉堺与三好军开战。这是这年中最大的一次两军主力的会战。久秀在这次会战中败北，几近溃灭，只好求和。可是次年七月，久秀却背弃合约，又从大和出兵进军摄津。战斗再次在各地展开。

日月如梭，各地在战乱中迎来永禄十年。二月二十六日，此前一直身处三好党阵营、与久秀也曾多次交兵的管领三好义继竟忽然率兵进入大和，加入了久秀阵营。自从足利义荣从阿波入京后，本就有名无实的管领义继越发成了孤家寡人。因此义继愤愤不平，便倒戈加入了久秀的阵营。

久秀与畠山高政一起，在信贵山腹的一座寺内会见了义继。原本推举义继为长庆嗣子并将其扶上管领位置的就是久秀。对久秀来说，这次的推举无非是为自己扶植一个傀儡而已，只不过后来在三好一门的撺掇下，义继才变成了久秀的敌人。

义继也跟三好一门的许多人一样，擅长作战，在战场上是一名骁勇的武将。光是去年永禄九年的一年间，久秀就在大和、河内各地从义继身上多次吃到苦头。

久秀仔细端详着坐在眼前的这位只会作战而缺乏远见的年轻管领的脸。尽管他现在是投向了自己，可不定什么时候还可能变成敌人。

畠山高政似乎也有怀有同样的戒心，把脸贴近久秀嘀咕了几句。结果久秀说道：

"尊驾与我不同样是彼此彼此吗？"

说着用沙哑的声音笑起来。畠山高政的脸色瞬间变得十分难看，可他很快又恢复表情，脸上浮出苦笑。

当晚，曾互动干戈的三名武将一直喝到很晚。久秀此时已五十八岁，刻满皱纹的皮肤上已开始出现老年斑，头发也几近染白，满头的银发在灯火中格外耀眼。坐在久秀面前的两名武将，一个是他进京以来同他交火无数次、终因势力渐衰而加入自己的没落名门；另一人则是他用阴谋将主家的人一个个全干掉后目前仅剩的一人。

"今年夏天之前，三好与畠山的旗帜一定会插上京都的。"

久秀奉承着二人。虽然嘴巴上这么说，可此时浮现在他眼前的却既不是三好的旗帜也不是畠山的旗帜，而是三好家三辅臣与筒井顺庆的首级并排在京都河滩上的情形。河滩背后则是鸭川的河水，像平原上的河水一样，从没有人烟的京城中冰冷地流过。

"今夜可真冷。"

说完，久秀又干了一杯。

四月十一日，久秀、义继的军队从信贵山城出发，向奈良的北郊多闻山移阵。十八日，三好三辅臣的一万余人与筒井顺庆的军队追至奈良附近，并于二十四日在天满山、大乘寺山扎阵。之后，两军便隔着兴福寺和东大寺，没日没夜地展开了死斗。

五月，三好政康的部队逼至多闻城。此时，多闻山起火，将般若寺、文殊堂、观音院等全部烧毁，飞火又进一步将戒坛院的授戒堂、南北两门等烧毁。久秀怕敌人布阵，大肆放火焚烧寺院与民宅。七月二十三日，戒坛院、千手堂也在兵火中化为灰烬。短短时间内，奈良主要的寺院塔头全被猛火吞噬，化为灰烬。

十月十日，久秀下令火攻三好军驻扎的大佛殿。火势从谷物店烧到法华堂，不断朝回廊蔓延，至深夜丑时，大佛殿被火焰吞没。

久秀在吞噬着大佛殿的熊熊火焰的映照下，指挥军队追击混乱的三好军。火焰、火枪声、呐喊声让久秀的坐骑数次受惊跃起，每次都差点将久秀摔下马背。

久秀对败逃的三好军展开无情追击。次日，当久秀取得彻底胜利凯旋奈良的时候，奈良已变得面目全非。焚毁的大佛殿不时喷出余烬，郊外的民房与寺院没有一家是完整的，流离失所的人们则在尸横遍野间彷徨。

当日，久秀下令征收军费。尽管奈良的寺院与民家连一文钱都拿不出，可久秀毫不宽宥。由于连续征战，尽管打败了三好军，可久秀的军费情况也很不如意。

由于东大寺大佛殿遭受火攻，三好军败走至堺。三好军深受重创，很难挽回颓势。

这次战役后，久秀将摄津、河内、大和完全纳入了自己的势力范围。尽管后来三好势力仍在各地蠢蠢欲动，却只是些小打小闹，并未成为久秀的心腹之患。留给久秀的任务是休整军队，养精蓄锐再进京都。

从永禄十年的年底起，久秀大修多闻山城。为此向大和、河内的百姓大量征调劳力与物资，向寺院强行摊派修筑费。城是书院式建筑风格，有多闻望楼，庭院也是从京都请庭院师营造的，极尽奢华。在荒废的奈良北郊最早建起来的，便是久秀的居城。在旁观者的眼中，此城仿佛跟昨日的血雨腥风毫无关系。久秀对百姓横征暴敛，对自己的居城却一掷千金。他已经是穷奢极欲。

就在此时，一道难题摆到了久秀面前。有传闻说，在东面迅速强大起来的信长要进攻京都。久秀第一次听到这传言是在永禄十一年刚五月之时。久秀向岐阜方面派出数名间谍打探，结果每名间谍都回来报告说，信长势力日渐强大，威震四方，其军队下至一兵一卒都训练有素，麾下的各部队都在准备西上。

久秀与镇守津田城的三好义继商议，为防止信长进京，决定暂且与信长通款。久秀立刻向信长派出使者。

从春天到夏天，三好的军队时而进京都，时而进大和，不过久秀并未理会。此时的三好军已闹不出什么动静来。

信长九月七日自居城岐阜出发的消息，数日内便传入了久秀的耳朵。信长的举动被接连报给久秀。信长在近江爱知川布阵与浅井长政军队一起攻取六角氏的观音寺、箕作两城，信长渡琵琶湖布阵三井寺，信长携前将军之弟足利义昭入京都并在东福寺布阵，以及信长随后攻陷山城胜龙寺并进入摄津拿下芥川、越水两城等等，所有消息无时不传入久秀耳朵。不光这些，信长甚至已拿下池田城的消息也随即传来。

由于信长势如破竹，六角义贤、池田胜政相继投降，三好三辅臣只得携义荣逃往阿波。

十月二日，久秀向摄津池田城的信长派出使者，请求归顺，得到信长的许可后他立刻派长子久通赴筒井城攻打多年的宿敌筒井顺庆。顺庆随后逃至窪城投降了信长。

平定了畿内的信长与信长所拥戴的足利义昭相继进入京都。义昭入本国寺，信长则在清水寺扎营。久秀久违地踏上了自己曾统治过的京都土地。然后立刻赴清水寺谒见了信长。信长虽是第二次进京，可久秀见信长却是第一次。当时久秀带了两件礼物：一件是讨伐筒井顺庆令其投降，另一件则是作物茶器。

信长对久秀的两件大礼没有任何表示。他只是冷冷地听着久秀的话，冷冷地注视着久秀奉上的天下无双的茶器。这件在久秀手中待了近二十年的作物茄子被放在一方紫色小绸巾上，黑褐色中夹着柿色的斑纹，形状十分奇特。

久秀早就做好思想准备，信长既然携曾被自己逼死的前将军义辉的弟弟义昭进京，那么对自己弑杀将军之事肯定会有所指示。然而等来到信长面前后，久秀才觉得自己所带的两件礼物实在微不足道。

可是，信长对久秀过去的所作所为一句话都没说，仿佛彻底忘了这件事似的提都没提。

对久秀来说，信长完全是他头一次见到的武人类型。此前，久秀面对任何权力者都从未感到过压迫感，可唯独来到信长面前时，他竟然无法从对方眼中看到年轻武士的那种眼神。信长的眼里有一种连久秀都害怕的冷峻的异样的眼光，那是一种任何残忍事情都能做出来的眼光。

"大和一国交你掌管。"

信长只说了这么一句，之后几乎没说一句像样的话，然后就令久秀从自己面前退下了。在五十九岁的生涯中，久秀从未有过如此不快的经历。甚至直到他返回信贵山，暗自发誓他日一定要除掉信长，这种不快都仍未消失。久秀坚信，就像自己曾成功杀掉主家三好以及将军足利义辉一样，自己肯定也能杀掉信长的。而在此之前，自己须待机蛰伏，隐忍几年。

自永禄十一年至十二年，久秀一直在大和蛰伏。以信长为中心的时代已经开启。信长征伐但马，统一伊势，然后继续不停地征服四方豪强，永无宁日。

久秀则在逐渐接近信长。永禄十二年、元龟元年，久秀接连参加了岐阜城的新年贺宴。每次见面，信长只与久秀谈些与茶有关的话题。自从第一次接受久秀敬献的茶器，同时也接受了今井宗久敬献的松岛茶壶与绍鸥茄子以来，信长就迷上了收藏茶器名器。有机会谒见信长时，久秀从未忘记带上件茶器。可是，久秀仍看不透，除了茶以外跟自己从未谈过其他话题的信长对自己究竟是一种什么态度。久秀敬献的茶具日渐增加。虽然并非对方主动索要，可自己却不由自主地在这么做。对于这样的一个自己，久秀也是事后每次都很生气。

信长与浅井、朝仓发生冲突是在元龟元年。在这次的作战中，信长第一次命久秀从军。这次作战对信长来说是一次苦战。为避免受浅井、朝仓两面夹击，信长从金崎火速撤离。当时是在久秀的保护下信长才从九死一生中逃命的。

金崎撤退之后，久秀便随信长进入岐阜城。当时恰巧与前来慰问的家康同席。席上只有信长、家康、久秀三人。尽管久秀同家康是初次见面，可信长并未向家康引见久秀，冷不丁就朝家康问道：

"这一位你可认识？"

然后，信长瞥了一眼久秀，继续说道：

"此人可是位奇人，他曾做过三件世人难为之事。一是忤逆主家三好并灭掉三好家，二是弑杀将军，第三则是火烧南都大佛。"

久秀一怔。这样的介绍方式实在残酷，对自己的金崎战功甚至都未加一顾。久秀对家康只是略施一礼，仍面不改色。无论是在大和信贵山还是在信长面前，久秀从来都面不改色。这并非他刻意而为，而是自他迈过六十岁门槛起便练就的一种本能。他这种态度令见到他的任何人都不寒而栗。

久秀年轻时便好色，随着年龄增长变本加厉。在自己府中的时候，他必定要与数名侍女同睡一榻，有事便喊人，直接在床上下达指令。而即便此时的神色，也跟在信长面前时几乎无异。

元龟二年，从春天到夏天，久秀一直同筒井顺庆在辰市东山激战。尽管信长已许诺大和为久秀的领地，可这里原本就是筒井家世代的领地，顺庆自然想夺回故地。浅井、朝仓、武田、本愿寺，信长受四面之敌，本身都自顾不暇，哪里还顾得上大和、河内。因此，这完全是名副其实的趁火打劫，互夺领土。可无论如何，顺庆的行为都可被视为对信长的背叛。

虽然在这场战役中双方互有胜负，可十一月顺庆再次投降信长。

第二年元龟三年，同样的事情再次发生。这次挑事的则是久秀。偏巧河内的畠山氏发生内乱，河内曾是自己的势力范围，久秀对这种内乱自然无法坐视。三月，久秀同若江城的义继商议后，将畠山氏的高屋城包围。可是，信长获悉后竟出兵救畠山。事情闹到这一步，久秀只好撤兵，蛰居信贵山。久秀派部下赴岐阜解释原委，却未得到信长的谅解。

这年年底，久秀提出将嫡子久通镇守的奈良多闻城敬献给信长，这才逐渐化解了信长的怒气。

次年天正元年正月，久秀携与久通同做人质的两个儿子赴岐阜谒见信长。这次仍跟往常一样，信长并未直接责备久秀的行为，而是一如既往地又谈起了茶的话题，信长说道：

"真想一睹老先生的平蜘蛛釜啊。"

就连多闻城这样的豪华大礼似乎都无法满足信长的胃口。久秀含糊其词，嘴上说有机会一定将平蜘蛛釜献上，可心里的算盘却是，平蜘蛛釜早晚是会交到信长面前的，可作为交换，届时非拿到信长的首级不可。作物茶器与多闻城已全交到信长之手，剩下能让信长惦记的，便只有平蜘蛛釜了。尽管久秀已敬献给信长很多茶器，可唯独平蜘蛛釜他却不想白白地交给对方。唯独这一件不能轻易放手。

后来信长又多次提到平蜘蛛釜之事。久秀每次都敷衍搪塞，带一些替代物。就这样，上至钟绘名画，下至刀剑、匕首，各种名品被不断地从久秀手中转移到信长手中。

久秀还交给信长一样东西——义继的首级。久秀深知信长不喜欢这名青年武将，便蓄意挑起内讧，让义继背叛信长。义继在这年年底被信长的讨伐军攻陷，自尽而亡。

义继自尽的天正元年，信长最大的竞争对手武田信玄去世，将军义昭也在这年与信长产生纷争被赶下台。天正二年伊势长岛战役，天正三年长筱之战，震撼时代的大事件接连上演。天正四年二月，信长移居新建的安土城。

进入天正五年后，信长终于对多年始终顽固对抗的本愿寺光佐进行了讨伐。四月，信长进京，首先攻陷本愿寺的石山城，进而进入大坂，与光佐军对阵。胜败一时难以决出，战争进入持久战。

久秀与儿子久通共同随军参加了这次战役，八月，久秀以定番的身份进入天王寺的附城。

可就在此时，久秀却忽然调集自己的军队，离开大坂的战线返回了大和的信贵山城，时间是八月十七日。所有人都不解他这次的行动。仿佛是奉信长密令而退兵一样。直到久秀割据信贵山之后，世人才知道他谋反之事。

当时信长正在出兵北方，他本人也无法相信久秀谋反之事，两次向信贵山城派使打探久秀的真意。

久秀每次都是同样的答复：如今同织田已是敌对关系，双方索性来个决一死战。

将近五十天后，信长的讨伐军才直逼信贵山，时间是在十月初。此前这段时间是久秀一生中最难熬的日子。久秀在大坂同本愿寺光佐的军队对阵的过程中接到了上杉谦信出马的消息，又亲眼目睹了救援本愿寺的毛利水军的威力，他认为织田军未必能顶得住，就忽然产生了一种背叛信长的念头。他觉得目前是背叛信长的绝佳时机，自己的造反肯定会产生一呼百应的效应，让大家纷纷起来背叛信长；谦信的西上则会让时局产生重大动荡。背叛的念头一经产生，久秀就再也按捺不住。

可是，尽管久秀割据信贵山举起反旗，可他期望中的事情却未发生一件。谦信的西上雷声大雨点小，迟迟不见实际动静。与久秀响应的也只有大和的一座小属城而已。

没过多久，久秀就猛地回过神来，反思自己的行动，这才发现自己的行动实在是太违常规。最初的反省发生在他集结兵力从大坂火速撤往大和的途中。而在进入信贵山城后，他发现自己的误算日渐一日地明晰起来，后悔也与日俱增。

以信忠为大将的久秀讨伐军九月二十七日从岐阜出发，中途在安土顺路休整，然后从安土再次启程时，时间是十月一日。从接到这一消息的时候起久秀便恢复了平静。他已弄清了自己发起这次突发行动的原因，其实，一切都源自他对信长的由衷憎恶。这种憎恶的念头数年来一直在心头挥之不去，一直在寻找着突破口，然后在极小的刺激下最终爆发。他认为自己并未憎恨过任何人。既未憎恨过三好长庆、义兴、足利义辉，也没憎恨过义继。之所以除掉他们，是因为他们要么是自己的绊脚石，要么就是自己需要除掉他们，仅此而已。

可是，信长却不同。他清楚地明白自己对信长的憎恶。倘若对手不是信长，恐怕自己会一直隐忍到使出平蜘蛛釜的那一刻。可一旦是信长，自己便无法忍到那一天，仅此而已。

从十月三日起，久秀便同信忠率领的进攻军队展开了死斗。至于与久秀呼应的片冈城，细川藤孝、明智光秀、筒井顺庆等人早已兵临城下。

城池于十日陷落。陷落的原因是，久秀派使者去本愿寺以及杂贺请援兵，结果误入佐久间信盛的阵营，被敌方将计就计，错将敌人当成杂贺使者迎进了自己城中。

城池陷落的前一日，佐久间信盛向久秀派来使者，交给他一封书信，信上说希望能将信长公日思夜想的平蜘蛛釜交给自己，轻易毁掉天下名器绝非松永大人的本意等。结果久秀回复说，就算是将平蜘蛛釜与本人白发苍苍的头颅打碎，自己也决不会交给信长公。

城池陷落的当日，久秀正在望楼下的大厅里针灸。久秀数年前便听说针灸对延年益寿有好处，后来便经常针灸。这一日也不例外，他让侍从在自己身体的数处地方施了灸。久秀已六十八岁，白发与黑斑让他的面孔越发丑陋，越发让人难以接近。火枪声与呐喊声不断传入赤膊的久秀耳内。他知道闯入城内的织田军已越来越多。

不久，久秀便兑现了他的诺言，城池陷落之时他用炸药将自己的头颅炸得粉碎。至于平蜘蛛釜，人们最终也未能在城池的废墟里找到。与城池共同战死的人数为一百五十，比别的城池陷落时少得多。

嫡子久通曾一度逃出城去，后来被捕斩首；前几年被送到岐阜做人质的两个孩子后来又被交到了京都，数日后在六条碛被斩首。

信贵山城陷落久秀死去之日，大和的百姓们纷纷卖掉蓑衣斗笠，沽酒庆祝久秀之死。百姓们拍手欢庆时，城池废墟的余烬尚未散尽。

久秀去世的十月十日跟他十年前永禄十年火烧南都大佛的日子恰好是同月同日。因此，人们都说久秀之死是佛祖的惩罚。

(《群像》昭和三十三年十月号)

明妃曲<ruby>めいひきよく</ruby>

学生时代，有段时期我曾痴迷过匈奴。虽说痴迷匈奴的说法有点夸张，不过，每当读到《史记》、《汉书》、《后汉书》中有关匈奴的记述时，我总是对匈奴这个古代东洋的北方游牧民族的思想和生活产生出一种——即使称不上共鸣，至少也是一种近似共鸣的关心和兴趣。话虽如此，我却不是专搞历史，而是一名懒惰的哲学专业的学生。我甚至连学校都懒得去，整天躲在公寓里瞎混。因此，就算是痴迷匈奴，也跟学者痴迷自己研究的方式十分不同。我的兴趣点十分随意，对相关知识的涉猎也十分任性和放纵，根本就不成体系。倘若借用一下我当时的说法，即，颇有点匈奴风格。

关于匈奴这个民族的真正面目，大家基本上都不大清楚。倘若大家都很清楚，而且研究也很透彻的话，恐怕我也就不会有任何兴趣了。正因为有些地方不清楚，而且，我也并非出自一种将问题彻底弄清楚的念头，而是恰恰相反，我是抱着一种宁愿这种谜团永远都无法被解开的私心，或者也可以说，我是带着一种类似于猎奇的心情来读这些有关匈奴的记述的。每当看到学者的著书里写有"有关匈奴仍不很清楚"之类的文章时，我都不由得会心生窃喜——当然会不清楚，倘若那么容易就让你弄清楚的话，那岂不是麻烦了？

我原本就对"匈奴"这一名称十分满意。无论是读作"KYODO"还是"FUNNU"都很恰当。作为一个民族，光是从名字就能看出民族性格或是风貌的几乎就没有，而匈奴，仅从俩字的表面就能一下窥出它的某种风貌。这两个字里压根就没有一点文明或是文化的感觉，扑面而来的全是野蛮、剽悍、好战、阴险之类的印象。《史记·匈奴列传》的最初部分只记述称，汉代以前有山戎、猃狁、荤粥，可匈奴究竟与其是同一民族，还是在其消失后取代他们出现的民族，这一点则记述得十分暧昧。不过在我看来，以上两种情况都可以接受。虽然山戎、猃狁、荤粥等名称都没有匈奴合适，可也绝非烂到令人无法忍受的程度。这些名字也跟匈奴一样，完全是非文化的、好战的、阴险的。但缺点是都略有一种绵柔的感觉，无法像匈奴俩字那样让人充分感受到一个骑马民族特有的剽悍。

实际上，关于匈奴这一民族，无论它产生的时间，还是它何时消失又消失在了哪里，人们都不很清楚。它出现在中国历史中的时候，即秦始皇的时候，就已经强大到了秦朝因它而必须修筑万里长城的程度，而到了东汉末期，当它势力衰微，像变形虫一样分裂成两部分或是五部分的时候就已经消失了。即使它的人种问题也是众说纷纭，有人说他们属于雅利安系，有人说属于阿尔泰系。可就算是同一个阿尔泰系也存在着土耳其系或蒙古系的问题，令人实在摸不着头绪，十分有趣。而人们唯一能搞清楚的，也只是他们是一个随马牛羊迁徙，逐水草而居的群体等，仅此而已。

他们常年骑在骆驼或是青色的马背上，无城郭、都市、耕田，也无文字，交流全靠口语。少小骑羊，用弓箭射鸟鼠，大些后便射狐兔食用。壮年男子擅使弓，皆为骑马兵。一旦军情告急便人人参战争立战功。长兵使弓箭，短兵用刀鋋，有利则进，不利则退，不以逃遁为耻，不知礼仪。君王以下尽食畜肉，着皮革，被皮衣，壮者食肥美，老者吃剩余。他们以壮健为贵，以老弱为贱。父死以后母为妻，兄弟死皆以其妻为妻——大致上就是这样一个民族。

他们的活动半径极大。黄金时代曾东起热河，西至西域；北起西伯利亚的一部分，南至长城、鄂尔多斯。而且，这个民族在蒙古高原上建立了最初的游牧骑马民族国家，因此是中国这个文明国家最难缠的对手。从公元前三世纪起的约五百年内，中国历代的天子都因为这个民族不得不倾一国之力来防御其侵扰。

匈奴这一民族究竟是什么样的性格，较早被弄清楚的便是有关其最初的统率者冒顿的一些逸闻。冒顿的父亲不想将单于的位子传给冒顿，想让宠妃所生的儿子继位，就把冒顿送给月氏做人质，然后他自己又去进攻月氏。冒顿偷了月氏的马逃回来。冒顿带部下去狩猎，命部下用镝箭射自己所射的目标。

冒顿首先射自己的爱马。没跟着射的部下被他当场斩首。接着他又射自己的爱妻。害怕不敢射的部下又被他杀掉。第三次，冒顿又射自己的爱马，这次部下全都学着他射了。于是，冒顿便与父亲一起去狩猎，然后用箭射向父亲。部下的箭也一齐射穿冒顿父亲的身体。就这样，冒顿取代父亲成了单于。

冒顿还有一个小插曲。有个叫"东胡"的游牧民族跟冒顿要马。冒顿跟部下商议，并力排众议将马送给了对方。接着东胡又来要爱妃。冒顿再次不顾部下的反对满足了对方。第三次，东胡又要夹在两国间的一块无人荒地。这次部下中有人赞成。结果冒顿却说"土地才是国家之本，怎能与人"，将赞成的部下斩杀，然后立刻起兵讨伐东胡，灭了东胡。

单于是匈奴之王。匈奴的王既不叫天子，也不叫皇帝，而叫单于，是对食兽肉，穿兽皮，下令侵扰南方农耕定居民族的绝对权力者的一种称呼。

那么，我为什么就痴迷上了这个匈奴呢？我当时也曾琢磨过此事，却没能看透自己内心的奇妙。只能用当时报纸上开始使用的一个叫"粉丝"的流行词来安慰自己。总而言之，"粉丝"一词基本上还是恰当的。我肯定就是"匈奴"的一个粉丝。

说起这"粉丝"来，就有一个人物令我十分中意。即《史记》中所介绍的宦官中行说。虽然我基本上连此人的名字是叫"zhonghangshuo"还是叫"zhonghangyue"都搞不清楚，可我对其性格的了解还不如其名字。公元前174年，匈奴的冒顿单于去世，其子老上单于继位。当时，汉文帝将公主送给单于为后，选中行说随行。结果中行说对文帝说：

"倘若我去匈奴，定会成为汉朝的祸患。"

可是，文帝不答应。结果中行说一到匈奴便投降了单于，还十分卖力。中行说告诉他们汉朝的弱点，帮他们谋划侵略汉朝的策略，曾先后效忠过两代单于。正如他本人曾说过的那样，他的确成了汉朝的一大祸患。这位中行说基本上便可称为匈奴的一名"粉丝"吧。或许，他是用他宦官独有的神经与感受敏锐地捕捉到了"匈奴"这一常人难以判断的民族所拥有的独特魅力。

中行说的事情姑且放在一边，且说，并非宦官的我为什么偏偏就成了"匈奴"的粉丝呢？我到底是从哪里感受到了它的魅力？然而，告诉我答案的并非旁人，而是田津冈龙英。田津冈龙英年长我三四岁，是一名大学图书馆的事务员，告诉我痴迷匈奴原因的人就是他。话虽如此，却并非他亲口告诉我的。他长相寒酸，体格瘦小得一把就能抓起来，当这样一个其貌不扬软弱无力的人带着满腔热情给我讲述匈奴故事的时候，我猛地意识到了自己痴迷匈奴的秘密。田津冈龙英也是一个痴迷匈奴之人。听一个跟匈奴风格相差太远的人热情地讲述匈奴的事情，总会给人一种异样的感觉。虽然感觉有点异样，可田津冈的心情我却能够理解。同时，我也从田津冈本人的身上无意间发现了自己的影子。我没有像田津冈龙英那样弱不禁风的体格。可这只是肉体与精神的不同，对古代游牧民族所拥有的那种深不可测的能量，我也怀有一种由衷的赞叹。无论田津冈还是我，身体的内部与外部都有很多需要用镝箭来射穿的东西。说老实话，我们都是那种无能、怠惰、无进取心且永远自卑之人，我们有的只是一颗根深蒂固的自尊心，并且总是像护身符一样小心翼翼地呵护着。匈奴所拥有的那种与我们本人基本相反的东西，在田津冈和我的眼里是那么美丽那么出色。他们的单纯、他们的杀伐果断、他们的精悍、他们的无情、他们的唯利是图以及他们用现代道德所无法约束的行为，我跟田津冈丝毫都不具有。倘若我跟津田冈都生作匈奴人的话，恐怕我们连一小时的生命都维系不了，可尽管如此，我们依然深深地迷恋上了它。

"你的面相，有点像匈奴啊。"

田津冈曾如是对我说过。当时我还很生气。因为我一直觉得倒是田津冈本人更像匈奴，只是我嘴上未说出来而已。尽管我们二人都痴迷匈奴，可一旦谈到容貌像不像的问题，那便是另外的话题了。

可实际上，说不定我们两个都很像匈奴呢。我俩不约而同地都长着一对小眼睛，而且小眼的深处还都冷冷地透着一种莫名的自尊心，或许，匈奴人也以同样的形状同样地拥有这样的一颗自尊心吧。只不过，匈奴人将其化为了行动，以反抗的形式展现了出来，而我们则采取了自虐这种低调而抑郁的形式，仅此而已。

我与田津冈龙英第一次真正意义上的会面，是在年关将至的十二月二十日后的某晚。地点是大学附近的一学生扎堆的关东煮店的前排座位上。由于我每天都去那家关东煮店吃晚饭，因此跟店主夫妇以及干活的俩女孩都很熟。由于我每天都去那儿，自然会得到些许不同于其他客人的礼遇，每次都会被请进店面一旁只有他们自家人才能使用的一个四叠半的房间里，在那儿吃饭。那一日也不例外，吃完晚饭，我回到店面的房间想出门而去,这时,忽然有人打了声招呼说"最近怎么样"。我循声望去。当时前排座位上并排坐着四五名学生,只有最里面的角落里有个人身着西装。当我第一眼望见那人的时候,我不由得感到一种被不该搭讪之人搭讪般的困惑与寒意。面貌似曾相识,可一时却想不起是谁。对方戴着一副高度近视镜,身穿夏季西服,脖子上围一条毛线围巾。身材瘦小,长相寒酸。由于忽然被这种人搭讪,我觉得好像受了侮辱。我没有回应,只是呆立在那儿,等着他后面的话。

"来这儿吗?经常。"

说完,对方继续问道:

"读了吗?那个。"

那个?虽然我不明白他在说些什么,可我忽然间还是意识到此人是在大学图书馆上班的一名事务员。如此说来,我倒是的确经他之手借过几次书。

"《元曲集》?读了啊。"

"读得很累吧?"

"全读下来是很难,不过大致内容还是能明白的。"

"你在那里面最想读的是'王昭君'吧?"

说罢,对方的眼里瞬间发出一丝冷光,仿佛在说"怎么样,我猜得没错吧。"

"没错。"

我也两眼放光地望着对方。对方说得一点没错，我在那本《元曲集》中最想读的，的确是元朝人马致远所写的有关王昭君的一部戏曲——《汉宫秋》。

"你怎么知道？"

听我一问，仿佛早就在等我这句话似的，

"坐吗？这儿。"

说着，田津冈龙英将身旁的一把椅子拉到身后，然后又说道：

"我当然知道。"

"为什么？"

"因为你老借些与匈奴有关的书啊。所以我猜你肯定是想读有关王昭君的《汉宫秋》。"

"原来如此。"

我在他身旁的椅子上坐下来。于是，对方在外套的兜里摸索了一会儿，不久便摸出一张名片，放到我面前。看来，他不是将名片散乱地装在了外套兜里，就是在兜里灵巧地从名片夹里抽出了一张。总之是一种十分懒散的递名片方式。名片上"田津冈龙英"的名字印得气势磅礴，与本人的气质格格不入。由于我并不带名片，只把名字告诉了对方。

"来，喝一个。"

由于对方将自己的酒杯递给了我,我只好接住酒杯送进嘴里,然后命店主给我自己也添一把酒壶。

"'王昭君'怎么样了?"

"书中的语言晦涩难懂,我连一半都读不懂。不过大致的内容还是能明白的。"

"那里面的语言是够难的。"

田津冈龙英继续说着:

"关于王昭君的事情,我多少也调查过一点儿。"

"哦?"

我再次打量起对方。

田津冈虽在大学图书馆里上班,却不像是一个读过大学的人。他的工作内容也似乎很简单,只是从入馆者的手里接过借书卡,然后从充满霉味儿的书库深处找出卡上所记的书,交到借书人手里,仅此而已。因此,他口称曾调查过王昭君一事着实让我有些意外。

"调查的王昭君的什么?"

我试探着问道。

"我一直想知道,传说中的王昭君在现实中究竟是一个怎样的人。结果还真是挺有意思的。"

他最后那句"挺有意思"中多少带有一点大言不惭的感觉。

"就算是调查，也只《汉书》《西京杂记》里面有。剩下的就都是传说了。"

"那是，没错。"

听我这么一说，他也展现出一副理所当然的表情，然后反问我：

"你在写毕业论文吗？匈奴的。"

"不，我不是史学科的学生，不写论文。"

"哦，那是什么科？"

"哲学。"

"明年毕业吗？"

"这，毕业恐怕得到猴年马月吧。我这么懒，连一个学分都还没拿到呢。"

我有点沮丧地说道。实际上，我大学入学都四年了，本来今年春天就可以毕业的，可慢说是明年，恐怕连后年都够呛。我对学业毫无兴趣，对毕业后踏入的社会也毫无期待。在就业难的时代里是很难找到工作的，就算勉强找到一个，我也没自信能干下去。我一直坚信，我的身上缺少点重要的东西，是不适合做一个社会人的。

"你说你连一个学分都没拿到？"

"没拿到。"

"你可真够坦率的。"

仿佛看透了我似的，寒酸男子笑道：

"学校嘛，毕不毕业的都一样。我也没有毕业。我嘛，从一开始就没觉得大学有多少魅力，所以我跟你不一样，我根本就没念过大学。学习嘛就算不念大学自己也能来的。"

仿佛在展示自己的自信似的，田津冈说道：

"不过，我发现你净借些与匈奴有关的书。你读'王昭君'做什么？"

"我想调查一下中国嫁给匈奴的宗室公主有多少人——当然也只是局限于有历史记载的部分，所以，跟王昭君有关的书我自然都想浏览一下。"

我坦率地说道。事实上，我当时正通过这种方式来消磨时间。匈奴一旦立了新单于，只要跟中国不处于战争状态，他们就总是向中国索要公主，历来如此。对于这种政治婚姻的要求，中国方面一般都会将宗室的公主，或者将族中的姑娘封为公主然后再送给单于做妃子。但是，这种政治婚姻基本上没什么效果。匈奴总是一边在抢夺公主，一边却从未停止过侵略。公主是公主，侵略是侵略，两码事。无论是匈奴最初的统率者冒顿单于，还是第二任老上单于，还是第三任军臣单于，他们全都从汉朝抢骗过公主。后来就越发不可收拾，数百年间不知有多少位公主嫁给了匈奴王。虽然无法知道确切数字，可哪怕只把有历史记载的那些弄清楚也好，因此我便开始了这项工作。

于是，田津冈探出身子，说道：

"嫁给匈奴的中国贵族的姑娘啊，有意思。对中国来说这可是一段屈辱史啊。匈奴总是在蛮横地索要姑娘。于是，中国就总是满足他们的要求。可是，无论送多少姑娘也没用。虽然对中国来说是政治婚姻，可毕竟对方太坏了。政治婚姻对匈奴根本就没用。还是匈奴这边技高一筹啊。这一点是匈奴的强项，也可以称之为它的伟大之处吧。总之，这便是匈奴这个民族最难缠的地方——嗯，有意思。我支持你。"

田津冈说罢，又说道：

"原来如此，你就为这事才调查王昭君的啊。——那你读了元曲中的王昭君后，有什么感想？"

"什么感想？"

我反问一句。

"有趣吗？"

"这个嘛，也不是很有意思，不过，哪儿有趣我隐约还是能明白的。"

我再次坦率地说道。由于我仍猜不透田津冈那寒酸的身体里究竟都塞了些什么样的知识，因此觉得最好谨慎点，少说为妙。于是，田津冈龙英说道：

"那都是传说啊，不是史实。"

"那是当然。要说史实，有关王昭君的事情，《汉书》里也只是零零散散地记了两三行吧？"

"《西京杂记》里面也有。"

小个男人说道。

"这个我也读过了。同《汉书》的记述相比感觉有点戏剧化，严格意义上来说称不上史实。不过，我们现在所了解的王昭君的悲剧传说，恐怕就是出自那儿吧。"

"没错。"

"马致远的《汉宫秋》也出自那里。所以，正如你所说，或许并非史实。不过，我觉得也不可能全是杜撰。"

我说道。

"是吗？可我读《汉宫秋》的时候并不觉得有意思。倘若写的是真事，是一定能打动我的。可真的是没意思。无聊透顶。"

田津冈断言道。

"正如刚才所说，有没有意思我并不很清楚。不过，取材于王昭君的文艺作品倒还是很有意思的，对吧？如果用心读的话，还是很感人的。"

我略微向对方露出了獠牙。于是，田津冈答道：

"作为文艺作品，或许很有意思，不过终究还是杜撰。"

"粉饰肯定是有的，不过，这也正说明这种事实是存在的啊。倘若全都是杜撰，那么《西京杂记》也完全是杜撰了。"

"对。《西京杂记》也是杜撰。"

"这么说，就只剩下《汉书》的简短记述了。"

"没错。"

说到这里的时候，我已完全从田津冈身上切实感受到了一个自学之人所拥有的那种专断与自以为是。只读了东洋史的只言片语便自命不凡了！

"我知道传说的里面也有真实。不过，王昭君的传说中却没有真实。"

"是吗？"

"是。读《汉宫秋》时我就觉得，怎么里面净胡扯些谎言呢。"

至此，我第一次从他口中听到了粗口。

"哪些地方是谎言？"

"全都是。"

"哪有你这么说话的？"

不觉间我生气起来。

"要不，你有空就到我那儿坐坐吧。我会把我个人的想法讲给你听，告诉你真正的王昭君到底怎么样。"

田津冈说道。

"你个人的想法？"

倘若这样，我是没什么兴趣听的。可田津冈龙英忽然现出一副着魔般的神情，说道：

"其实，最近有人发现了一样打脸《汉宫秋》的东西，是元朝时的随笔，我也说不清究竟是跟《汉宫秋》同名的小说还是随笔，反正里面就写了王昭君的事情。虽然并非元曲，不过肯定是当时相当厉害的文人所写的。读了以后我才觉得，这才是真正的王昭君。"

"在哪里，什么时候发现的？"

"姑且算是大陆某王宫的书库吧。发现者与被发现地点目前还不能公开。由于我所从事的职业，大约一个来月以前，我偶然发现了这东西。实在是有趣极了。只是，这种随笔风格的文章的存在，说明当时那种王昭君传说曾十分盛行。至于这种版本为什么没流传下来，而元曲《汉宫秋》版的解释却流传至今，我想这也是一个值得研究的问题。不过这个问题我们姑且放在一边，倘若你真想了解其内容，我随时都可以讲给你听。"

田津冈龙英说道。

我同田津冈龙英的第二次会面，是在过年后的一月六七日前后，地点还是那家关东煮的前排座位。当时是一个要下雪的寒夜。街上仍残存着一丝新年的气息。新年刚过就在空荡荡的关东煮的店里碰面，仿佛双方都在刻意送对方一个机会，一个无意间相互承认对方都不怎么重要的机会。

"新年没回去？"

田津冈问。

"不回去。"

"你没家？"

"家还是有的。"

我苦笑着。于是他又说道：

"是吗？我是没有家的。老爷子和老妈很早以前就过世了。"

田津冈低低地说道。

"哦。"

我乖乖地回了一声。这一夜，我俩在这家关东煮的店里单独待了两个来小时，一直在喝酒。店主夫妇让我们帮忙照看着门，之后就在外面挂好打烊的牌子去了某处。由于放年假，在店里干活的女孩这夜也未露面。

这一夜，我从田津冈龙英的口中听到了他所谓的曾浏览的那记有王昭君的元朝随笔。王昭君是西汉元帝时期从中国嫁到匈奴的一名美女，不用说中国，即使在我国，她那悲剧色彩的故事也是古来皆知，甚至只要一提到远嫁异民族的女性，人们立刻就会想起王昭君的名字。

王昭君传说的最终源头只在《汉书·匈奴传》中有简短记述。匈奴的呼韩邪单于最初跟元帝要公主，因公主幼小被拒，又过几年后呼韩邪再度跟汉朝要女人，结果汉朝便把元帝后宫的一名女子王昭君给了他。呼韩邪因此大喜。王昭君与呼韩邪生了一个男孩。呼韩邪单于死后，王昭君便嫁给新单于呼韩邪之子，又生了两个女儿。——《汉书》中的记述只有这些。王昭君远嫁匈奴是在公元前33年，自然是很久以前的事了。

这一事实被略加戏剧化改编后，便出现在了《西京杂记》里。王昭君是成都的一名良家女子，年纪轻轻便进了元帝的后宫，因未向画工毛延寿行贿，她的肖像便被画成了一名丑妇。元帝看了肖像后一次也没宠幸过。当匈奴的呼韩邪单于跟汉朝要女人做妃子的时候，元帝仍以为王昭君是个丑妇便决定将她送给呼韩邪，可当看到王昭君真人的时候，他一眼就被这名绝世美女给惊呆了。尽管不甘心送给匈奴，可既已约定，便无法反悔。王昭君一面叹息自己的命运，一面被带往北方的匈奴领地。

很明显，王昭君传说的实体便是由这个故事构成的。这一传说早在天智天皇以前就传入了日本。王昭君的悲惨故事化为了诗，化为了歌，还被编进了雅乐谣曲。

在中国本土，演绎王昭君悲剧的文艺作品自然很多，其中最著名的当属我经田津冈龙英之手从大学的图书馆借来的《元曲集》中的那部马致远的戏曲——《汉宫秋》了。在《汉宫秋》中，王昭君进入元帝的后宫后，因画工毛延寿之故未得皇帝宠幸，孤苦伶仃地度过了十年岁月。她日夜弹琵琶解闷，一天夜里，琵琶声传入元帝耳朵，她这才第一次侍奉元帝。元帝惊叹王昭君的美貌，并从她口中得知画工毛延寿之事，欲惩罚毛延寿。结果毛延寿就逃到了匈奴，并把王昭君貌美的事情告诉了呼韩邪单于，怂恿呼韩邪跟元帝要王昭君。不久匈奴便向元帝派使者索要。如今元帝正深爱王昭君，不愿放手。呼韩邪发誓得不到王昭君便武力进犯汉朝北部边疆。眼见元帝十分烦恼，王昭君认为只要牺牲自己就能拯救一切。于是她决心赴匈奴，元帝无奈答应。在一个秋风落寞的日子，王昭君被迎接的呼韩邪及部下带离都城长安。来到国界上一处名为黑河的河畔后，她忍耐不住悲伤，便投河自尽。王昭君去后元帝魂不守舍，每天望着她的肖像画安慰自己。一天夜里，元帝做了一个悲伤的梦，他梦见王昭君从匈奴逃回，可立刻又被追兵捉了回去。然后，在做了这个梦的次日，元帝便接到了王昭君的噩耗。

大致情节便是这样的。对于这《汉宫秋》中所描写的王昭君，我跟田津冈龙英第一次见面时，他就曾吐槽了一些在我看来只能是粗口的话,说里面净是些谎言,一点也没有打动读者的东西。当时他那傲慢的神气至今仍刻在我的心上,让我不舒服。因此,当田津冈龙英说"上次我说漏了嘴,透露了王昭君新资料的事,所以我简要介绍一下"的时候,我反倒装着无所谓的样子说了句"请"。在何时何地被发现现在尚不能说——对方上次那煞有介事的语气犹在耳畔。爱说不说。虽然我也不是特别想听,不过既然你想讲我也不拦着——我有意装出这副样子。

"关于此事,我多少也做过笔记,如果回家的话可以照那个来,现在嘛,我只能想起多少讲多少了。或许年代之类会记错的,错误之处还请见谅。"

说罢,田津冈龙英将自己烫好的酒倒进杯子。店主拿来的一升坛的酒已去了三分之二。由于我至多也就喝一壶,因此大部分都被灌进了田津冈那寒酸的身体里。或许是因为这个,田津冈龙英的脸色有些发青。

王昭君出生于成都,名王嫱,幼名昭君。家里世代务农,作为世家远近皆知,不过到昭君出生时家境已不再富裕。即便在长成姑娘后昭君仍被大家用幼名招呼。自十岁左右起,她天赐的美貌便逐渐显露,长成姑娘后,愈发美艳夺目,甚至都没人敢正视昭君的脸。

昭君的美貌还在当地生出了许多传说,其中最传神的一个是，据说昭君的母亲生昭君时做了一个梦，梦见月光钻进了自己怀里，然后又从怀里出来落到了地上。昭君的美貌既像月光般光彩照人，又如月光般冰清玉洁，因而这种说法令听者无法不信。

昭君应召入西汉元帝的后宫是在十八岁之时。元帝向全国派官吏搜寻天下美女的时候，也不知是幸运还是不幸，昭君入选了。昭君在数名地方官吏的陪同下进了都城长安。

昭君不知后宫生活是何种样子，她只是粗略地被人告诉说，那里会有常人难以奢求的奢华生活在等着自己，她自己也是这样想的。可是，等到了长安入了宫后，昭君从当日起便不得不过上了长达十年的囚人般的生活。她被安排进上阳宫的一室，虽说那里有两名宫女服侍，衣食无忧，却没有一点自由。她所住的上阳宫是得不到元帝宠幸的女人们所住的宫殿，又被称为冷宫。正如冷宫两个字所展示的那样，冰冷的空气充满了走廊和房间。不幸的女人们不约而同，连个大声都不敢出，在侍女的服侍下打发日子。除非特别的节庆，她们平时是连半步都不能出宫的，连歌舞游兴的权利也被彻底剥夺。唯一能解闷的方式，便是顶多能弹弹幼时所学的琵琶。

昭君能遥望元帝这位年轻天子尊容的机会一年只有一次，那便是正月赐餐之时，大厅里高官满座，后宫的妃子们也要待在大厅一旁。

昭君跟后宫的任何女人都不说话。不说话的不止昭君一个，大家都未亲密到彼此说话的地步。席次每年都会变，坐在昭君左右两边的女人永远都是新面孔。可是，无论席位在哪里，大家都是不得宠的女人，在这一点上大家是相同的。

昭君事不关己地遥望着年长自己四五岁的天子的容貌。她既未跟天子说过话，也从未近距离谒见过天子。就算是想象一下天子的尊容，也没有素材可以想象。

得宠的数名妃子身着迥然不同的华丽衣装服侍在元帝周围。昭君从侍女们口中偶尔也会听到一些得宠妃子们的传闻，不过，那完全是与自己无关的另一个世界的故事，她既不羡慕，也没想着要成为那样。当然自己也不可能变成那样。被召进宫的时候是十八岁，之后又过了十年，昭君已称不上年轻。

既然被召进宫，为何一次都没谒见过元帝呢，其中的理由也很清楚。因为近身服侍元帝的官吏毛延寿来索贿的时候，昭君每次都会拒绝他。每年初春之时，毛延寿都要来上阳宫一次，明目张胆地向不幸的女人们索要贿赂。只要给他贿赂，就能够服侍元帝。女人们便争相给毛延寿送钱送物。可是，上阳宫的女人们就算被元帝召见一夜也没有什么指望。一年之内是决不会被两次召见的。当然罪不在毛延寿，而在于她们本身。因为这些囚人们远未美丽到受宠的程度。

王昭君每次都会拒绝毛延寿的要求。她既不想品味其他女人那样的悲惨，对元帝本人也毫不动心。若说气质或许元帝真的有气质，不过在王昭君的眼里，这位平时冷若冰霜的天子却很可怕。虽然她大体上也知道受宠是怎么回事，不过，除了侮辱之外，昭君想象不出还能有什么。

入后宫的第八年，昭君的身上发生了一件事。这一年，具体说是建昭四年，这年正月，与汉朝长期敌对的匈奴郅支单于的首级被送到了都城并在街上枭首示众。当时的匈奴分裂成两股势力，有两个单于。弟弟呼韩邪单于对汉朝采取臣属的态度，兄长郅支单于则一直与汉朝敌对，是汉朝的一个心腹大患。最终，郅支单于在前一年被汉军打败，首级也被送到了京师。

因此，尽管新年刚过，上阳宫仍一直在谈论着这件血腥的事情。

郅支单于的首级被示众后，下月二月，采取亲汉政策的呼韩邪单于也派来使者。据说是为了取回郅支单于的首级。

匈奴的使者一如既往地受到了朝廷的礼遇。当时，昭君被派去接待。每次有匈奴使者来时都会将接待的差事摊派给上阳宫的某个女人，当然，谁都不稀罕这差事。女人们只要听到匈奴二字，无一例外地都会感到颤栗和恶寒。昭君也一样，她感叹世上最可怕的讨厌差事怎么偏偏就落到了自己的头上。

昭君与自己的两名侍女赶赴匈奴使者的宿舍迎宾馆。虽然她的工作内容只是在非宴会时陪对方吃吃饭，却依然劳神费力，尤其对方是以凶残著称的匈奴人，更令人可怕。

昭君第一次来到匈奴使者面前，并被对方刺眼的目光盯住的瞬间，她浑身战栗，几乎都站不住了。她瑟瑟发抖，连声音都出不来。使者是一名三十五六岁的年轻人，相貌粗犷。长脸，面色黝黑，窄额头，只有眼神像猛禽一样锐利。使者懂汉语。说话时，总爱用锐利的眼神盯着昭君，望着昭君出神。他闲话很少，口中只说一些必要的话。而一旦被他的眼神盯住，昭君就连话都回不利索了。她只觉得自己喉咙发干，舌头在口中打卷。

使者回去后，昭君这才知道他是呼韩邪单于的第一个儿子。而且，她对这名青年的恐惧远不止当时，事后仍时常想起。昭君每想起此事，总会浑身冒汗，全身发抖，口中发干，连话都说不好。

第二年，昭君身上又发生了一件事。此事让昭君意外地获得了谒见元帝的机会。当时是秋天，昭君正在弹琵琶时，声音竟传进了在城内逍遥的元帝耳内，便被召到元帝面前弹琵琶。然后，两三日之后，昭君便被移到了宫殿的一处新室，成了元帝的一名宠妃。

昭君的生活顿时发生了巨变。宫苑极尽奢华，服侍的宫女也增加了。昭君衣着华丽，成天服侍在元帝身旁。昭君的生活发生了剧变，可剧变的不止是生活。作为女人，昭君第一次明白了自己内心的强烈爱情与憎恶之念。昭君明白了自己心里恨的是元帝，爱的是匈奴的年轻人。

田津冈龙英说到这儿停下来，冷冷地望望我，俨然一副"这故事如何"的眼神。我仍在沉默。于是，田津冈又开口说道：

"昭君憎恨元帝，深爱匈奴的年轻人。"

他又重复了一遍，似乎在看我的反应。

"她真的憎恨元帝吗？"

我明知会上当，却依然问道。因为我想让他继续说下去。

"没错，憎恨元帝。当然，这并非我个人的想法。因为上面就是这样写的，我也无能为力。我只是代言一下。不过，事实上我也是这样认为的。元帝这位天子基本上不太聪明。是公认的优柔寡断之人。他放任外戚与宦官专横，前任皇帝宣帝那种充满霸气的政治在他这一代走向衰落。这是后世史学家的一致评价。从全国广选美女，却十年都没见过一面，世上有这样的傻瓜吗？倘若王昭君是一个正常人，一般来说，在这十年的时间里，她对元帝肯定会恨之入骨。就算是在第十年的时候突然用爱情来宠爱她，可为时已晚。同这样的天子相比，匈奴年轻人无疑更加优秀。那毕竟是王昭君第一次见男人，第一次看男人的眼神，肯定会打哆嗦。而就是在这时，她才从王昭君这样一个人偶变成了王昭君这样一个鲜活的女人。"

"然后呢？"

我催促着田津冈。为了能够让他心平气和地讲，我站起来，绕到前排座位的对面，把新酒壶放进温酒铁壶的热水里。

昭君得到元帝宠幸之后过了一个来月，呼韩邪便派来了使者。这一次的要求是想迎娶昭君为妃子。由于指名道姓要昭君，元帝非常吃惊。立刻将匈奴使者召来问明原委，这才明白原来是害怕惩罚逃到匈奴的画工毛延寿怂恿匈奴单于干的。毛延寿上奏单于说元帝的后宫有一美女叫王昭君，可迎为妃子，单于便采纳了他的意见。单于的语气十分强硬，说此前求娶公主，结果被以公主年幼为由拒绝。这次已是第二次。就是要从后宫一百名女子中要一个女人，请无论如何成全自己，等等。反正就是堂而皇之索要女人。好不容易跟呼韩邪单于友好地维持到现在，元帝也想继续与其保持和平。可无论如何自己也不忍放手王昭君。如今元帝对昭君的迷恋已超过任何一个妃子。一日不见心就要发疯。怎么舍得将昭君送到匈奴手上呢？元帝于是召集朝臣，商议此事。这时，昭君主动提出说，如果牺牲自己一人就能换取万事大吉，那就请务必派自己去匈奴。倘若借用马致远的《汉宫秋》中的词句，那便是"妾既蒙陛下厚恩，当效一死，以报陛下。妾情愿和番，得息刀兵，亦可留名青史"了。

就这样，昭君被匈奴的呼韩邪单于与部下接走，离开都城长安北去，时间是次年正月。昭君的轿子在部队的护卫下一路朝匈奴而去。数日之后，一行抵达汉与匈奴交界处的一条大河边。在河岸的宿营里，昭君被召至呼韩邪的卧室。昭君问七十岁的老单于要将自己嫁给谁。昭君从未想到自己会嫁给老单于。老单于第一子——那名年轻人粗犷的面容一直深深地印在昭君眼前。老单于回答说你是来嫁给我的。当夜，昭君与单于共寝一个卧室，等单于睡后她走出卧室。营帐外站着哨兵。昭君指着对面泛着白光的河水问哨兵：

"这条河叫什么河？"

哨兵似乎是汉人，用汉语说：

"这儿叫黑河，是番汉交界之处，南边属汉家，北边属番国。"

昭君在寒气刺骨的夜色中站了一会儿，离开哨兵身边后，她忽然朝大河边跑去，一头扎进河中。

说到这儿，田津冈龙英又停下来，

"昭君虽然投河，却救了自己。当她醒来的时候，发现自己已被从河中救了上来，正躺在营帐里。昭君望着火红的篝火，恍如在梦中。不久，她做梦都难以忘记的那张年轻人的面孔出现在了篝火前。得知昭君醒来后，年轻人凑过来说了句话。你猜他说的是什么？"

"这我怎么知道。"

我说。事实上，我的确无法想象匈奴年轻人会说些什么。

"也没什么，年轻人只是说道，"

田津冈龙英的眼睛忽然亮了一下，继续说道，

"嬉娘啊，你就嫁给父单于吧。父单于年老了，也活不了多久了。一年之内肯定会死去。之后我就会成为新单于，纳你为妃的。年轻人就是这么说的。"

"哦。"

"然后他又加了一句。倘若父单于还能活好几年，到时候我无非将父单于杀死就是。他知道我是爱你的。可如果他永不放手，那我就用几支箭射穿他的胸膛。为了太阳、月亮

和你，我什么事情都能干出来。"

说完，仿佛本人也化为那名匈奴年轻人一样，田津冈龙英耸耸瘦弱的肩膀，低声笑起来。

昭君决定照匈奴年轻人说的去做。反正自己已死过一次，将来结果如何已无所谓。一行到达匈奴的王庭后，当夜，盛大的喜宴在镶着无数冰冷星星的黑天鹅绒般的夜空下举行。数堆篝火燃起冲天的火柱，匈奴男女们在火堆周围不断地跳着劲爆的群舞。异样的乐声响彻云霄，酒宴永无休止。昭君被呼韩邪单于拥在衰老却又如巨壁一样的胸前，心里则在盘算着那几支箭何时才能穿透这胸膛。

次日，王昭君便被赐予了宁胡阏氏的称号。所谓阏氏是皇后的称号，宁胡则是以此保佑胡国安宁之意。这年春天昭君怀了孕，秋天生下一名男孩。婴儿被取名为伊屠智牙师，被赐予右日逐王的王族称号。

第二年，果如年轻人所希望的那样，呼韩邪单于病殁。然后，年轻人雕陶莫皋继位，成为复株累若鞮单于。

就这样，昭君成了复株累若鞮单于的妃子。对昭君来说，这是她的第三个男人。酒宴举行得比前任单于时还要盛大。几千男女为新单于和妃子跳舞、歌唱、呼喊，庆祝活动进行了三天三夜。这一夜，昭君像一名处女一样，躺在心爱男人的臂膀中在酒宴的喧嚣声中睡去。

昭君与新单于分别在第二年和第三年陆续生下了两个女儿。长女为须卜居次，次女叫当于居次。须卜和当于都是匈奴贵族的称号，居次则是女子的称呼，相当于汉朝的公主。

又过了七年，河平四年，单于到汉朝朝觐。当时，单于想带昭君去，昭君未答应。并非因为她羞于做匈奴王后，而是因为她对汉朝已无任何留恋与怀念。元帝在昭君嫁入匈奴的第二年便年纪轻轻地殁去，成帝继位，时代已完全改变。

之后又过了五年，复株累若鞮单于殁去，其弟继位，为搜谐若鞮单于。这一年，昭君若想回汉土还是有机会的。新单于说昭君若有意回国，他可以帮她安排。

可是，昭君却拒绝了。她已经完全没有了回国的念头。此时昭君已经知道，嫁入匈奴的自己早已成为全汉朝尽人皆知的悲剧女人。昭君还知道，汉朝人都以为她以嫁匈奴为耻，早已投黑河而死。可即使听到这种说法昭君也没有任何感慨。

田津冈说到这儿又停顿下来，说：

"到这儿算了吧。"

虽说是到这儿算了，可王昭君的故事已经结束，再讲也应该没得讲了。

"很有意思。"

我说。

"有没有意思倒在其次,不过王昭君便是这样的一个女人。当然,这并不是我认为的,而是这次新发现的资料上写的。总之,我觉得就是这样。基本上,我觉得《汉宫秋》中的王昭君是矛盾的。明明是决意为国牺牲远嫁匈奴,却忍受不了与汉土的离别之情而投河自尽,这种做法难道不奇怪吗?"

"也许吧。"

我说。

"不是也许,是的确。"

或许是说话时间太长的缘故,田津冈龙英激动得脸色都发白了。抑或是他喝了一升坛的酒后,那酒开始清醒的缘故。田津冈一面说一面直打哆嗦。

"你冷吗?"

"不冷。"

然后,田津冈又说:

"王昭君的昭字被后人忌讳,便不叫王昭君而改称明妃了。"

这件事以前我并不知道。

"明妃曲——若是我的话,一定会给这新资料里的文章加这样一个题目。借用《汉宫秋》的题目没意思。"

田津冈又说了这么一句。

从我听了王昭君故事之时起,我跟田津冈便熟络起来。甚至彼此互访公寓。他完全靠自学取得了中等教员的汉文与历史的资格证,并且还要去考高中教师资格。我跟他见面时,他正要放弃这种打算。在贫苦环境中过度的学习让他的神经异常紧张,天生瘦弱的身体越发寒酸。

田津冈龙英所讲的王昭君的故事无疑是他个人的杜撰。谈完此事后他再未提过那新资料的事儿。我也没提。无论那新资料是否真的存在,他对王昭君的解释已足以让我觉得有趣。

我大学毕业的那年,由于新爆发的大陆战争,我应征入伍,过了四年的部队生活后回来。可我前头刚回来,田津冈龙英也当兵去了大陆。我不由得想,居然还会有如此寒酸的军人。也不知是何原因,他居然拥有一种以军人身份去大陆的命运。

之后又过了数年,当战局越来越不明朗的时候,有一天,被第二次召进内地连队的我竟意外地收到了田津冈龙英寄来的一张明信片。上面写着如下的简短文字:

——我来到了一处名叫K的地方。附近就有王昭君的墓。就在K城南面四里远的地方,辽阔大平原的中央。那是一座百尺来高的冢，周围一片青草，被人称之为青冢。来这儿之前我还过了黑河。就是昭君自尽的那条河。河应该是真的，冢就不靠谱了。估计是根据后世传说造的。

字面大致如此。此外未写任何东西，颇有点像田津冈的风格。K地估计是厚和，K城应该是归化城。我无比怀念地读着这明信片，想象着他长期的部队生活，不由自主地祈祷着他的武运长久。

获悉田津冈龙英战死的消息是在战后。虽不知他是在哪里战死的，可一想到他那匈奴般的面容，匈奴般的叫声，以及他用匈奴般的战斗方式倒下，我的内心便总会被一种既非愤怒也非悲伤的情感紧紧攫住。

（《全读物》昭和三十八年二月号）

聖者(せいじゃ)

远古的时候，中业地区曾住着很多游牧民族。大大小小的游牧民，他们或单独或联合，相互合作，无论是牧草丰美的辽阔草原，还是重峦叠嶂的深山盆地或是山坡上，都搭满了他们的帐篷。在这些游牧民族中，史上最早出现的是被希腊人称之为斯基泰，被波斯人称为塞克的一个种族，而在中国的古书中，他们则被称之为塞族。这个民族从公元前7世纪一直活跃到公元前1世纪。公元前3世纪的时候，亚历山大大帝的远征军曾入侵此地，可即使以亚历山大的威力，都拿这个擅使弓箭擅长骑马的游牧民族没办法。不过，从3世纪前后起，塞克族的氏族联盟便开始崩溃，只得将历史舞台让给逐渐崛起的匈奴。

我们要讲的故事，便发生在公元前6世纪中叶，塞克族正处于分裂成众多氏族并彼此争夺部落与牧地的上升时期。

天山山脉的北侧有一个被夹在切尔斯凯伊阿拉套和昆格

阿拉套南北两道山脉之间的巨大盆地，塞克族的一个氏族便在这儿搭建了三千多顶帐篷，建造了一个部落。这些帐篷既有可移动的，也有半用土加固的那种既称不上是蒙古包亦非土屋形的。从这种居住方式便可以清晰地看出，住在这儿的塞克人原本是在从天山北方到颚毕、叶尼塞两河上游的广大地区过着逐草而居的游牧生活的，可后来不知从第几代起他们便在这儿定居下来，依靠狩猎、放牧与农耕来维持生计了。

盆地是一望无际的大草原。像屏风般耸立在盆地南部的切尔斯凯伊阿拉套山脉重峦叠嶂，山顶的积雪终年不化。虽然北方相望的昆格阿拉套山脉也同样山峦不断，不过，从这里伸向盆地的山脚却很平缓，茶褐色的长长山脚上连一草一木都没有，除了太阳下沉时会给这儿染上一层难以形容的美丽色调外，其他时候都只有不毛之地独有的那种荒漠与寂寥。

部落位于盆地靠近中央的地方。小丘像波浪一样连绵起伏，呈现出高原地貌的特点。居民的住处有的在高处，有的在低处，因此部落里有许多弯弯曲曲的坡道。坡道两侧和住处周围布满了叶色浓绿的树木，远远望去，整个部落像被包在郁郁苍苍的森林中一样。冬季能有一个月的时间看见下雪，其他季节则基本是气候温暖，雨量也很多。五月前后的时候，融化的雪水从围着盆地的山脉上流下来，在灌满两道山脉脚下的两条河后，水就会溢到盆地里，不过却不会冲击到塞克人的部落。因为，为了保护自己和牲畜免遭每年发生的洪水的侵害，他们早把部落建在了中央部的高原地带。

在从天山北面到阿尔泰山脉北方周围的广大地域上，还有很多同样藏在山脉褶皱里的盆地，这些盆地几乎都成了塞克人的定居区域或牧场。无论从气候温暖，还是从土壤肥沃牧草丰美，亦或是从外敌入侵风险低的角度来看，被包夹在两道阿拉套山脉间的这处盆地都是游牧民最理想的定居地。

只有一个缺点，即这个部落里并无一处泉水。泉水则位于部落西南角的丘陵脚下。泉的上面有个用土石加固的巨大圆屋盖，将泉池盖得严严实实。泉池一天到晚都往外冒水。泉是有钥匙的，由一名圣者保管。日落后过些时间，泉入口的两道门就会被关闭，而破晓之时两道门会被再打开。只要泉门开着，部落的人随时都可以来打水。从首长到牧夫，每人每天只能按规定打一罐水。一罐水是一名居民一天能自由使用的最大水量。只要与水有关，大家从上到下都是平等的。

泉有一个入口，入口很小，单个人只有弯着腰才能爬进去。携带水罐的男女们依次钻进入口，朝设在入口处的神坛叩完头，再朝一旁的圣者坐处的小洞低头行礼，然后才走下雕刻成螺旋状的石头台阶。虽然台阶只有十二三级，可由于脚底昏暗，下去时必须要小心。盖着屋盖的泉内的采光仅靠半圆屋盖中央的一个天窗，因此不光是下台阶时脚底昏暗，泉池和打水时脚踩的地方都很昏暗。打水的人们需要沿铺在泉池周围的石板路绕泉池半周后，再爬上另外一段台阶，从另外的出口出去。

尽管部落的人每天都来打水，可除了那蓄满水的冰冷石窟外，大家从未看到过泉的内部究竟是什么样子。任何时候，洞窟的内部总是充满着神秘的黑暗与冰冷的空气。

这处泉不只是部落居民的供水场所，同时也是他们信仰的圣地。水不仅是肉体生命的食粮，还是精神生命的食粮。对部落居民来说，泉是神的住处，是神的祭坛。这个部落的塞克人之所以一罐水就能满足而决不会有更高的奢望，理由便在这里。倘若他们的心里住着恶魔，只顾自己多打水的话，其实想打多少就能打多少的。因为每天来这里并在泉开放期间始终坐在入口洞窟的那位守泉的老圣者其实是个盲人。不过，多打水的事却从未发生过。因为塞克人无论对泉还是对守泉的圣者都无比崇敬，无比畏惧。

对一个人的生活来说，一罐水绝不足够。可是，由于男女老幼都只能得到一样多的水，所以如果安排得当，在确保一家人的饮用水之后，剩余的还可以用来种菜或是挪作他用的。只是大量的马和羊，由于水的缘故不能留在这部落里。

羊的牧场和马的饲养场被设在了十多里之外的切尔斯凯伊阿拉套山脉脚下的大河水边，因此，有几分之一的部落年轻人必须常年交替着远离他们的定居地。

水少无疑会让居民生活不便，麻烦增多，可另一方面，水少也让他们获得了其他恩惠。隐藏在两道阿拉套山脉里的这个部落已经有数十年未发生内乱了。其他氏族为争夺首长权连年对立争斗不断，而这个氏族却没有这种现象。由于是把泉当作神来祭祀，任何人都对这短缺的水十分满足，只要是有关水的分配，氏族内根本就没有首长、牧夫之分，大家一律平等，因此任何人都没有羡慕他人的念头。由于地处缺水的盆地，这儿也从未成为其他氏族侵略的目标。尽管面对不同种族的其他游牧民族的侵犯时，塞克人都是采用氏族联盟的方式来抵御的，可当处理氏族与氏族的关系时，他们依然没有从弱肉强食的定律中解放出来。他们经常会发生纠纷与争斗。可唯独这一氏族却从未被卷入这种永无休止的同族间的争斗中，其中的缘由，也可以说多亏只有一处泉水。虽然对定居此地的人们来说这儿是乐园，可对其他氏族的人们来说，这儿一点吸引力都没有。

故事发生在某年六月底。部落首长的家里正忙得不亦乐乎，大家正在为迎接从叶尼塞河上游来的一名年轻人做准备。二十七八年前，这名年轻人作为人质被送到了那里，他是在那里的帐篷中长大的，今天则是他被送还的日子。报告早在数日前就由对方氏族的使者带来了。被送作人质的时候，年轻人还是一个刚出生不久的婴儿，可如今他已年近三十。

这一日，从大清早起，部落的男男女女们就忙忙碌碌地在首长家进进出出。男人们在首长家前面的广场上准备着宴席，他们铺下几十张羊皮绒毯，四处摆好烛台，准备乐器。女人们则必须用酒灌满数个罐子，准备饭菜，用花装饰好宴席。煮透的羊脂的刺鼻气味不断飘散在整日忙碌的男女之间。

日落时分，年轻人独自策马进入了部落。迎接的人一直以为会有几名其他氏族的男子同来，因此对年轻人的独自出现多少有些意外。年轻人全副武装。他腰挎刀剑，背背弓箭。他这副打扮在好几代都未搞过武备的部落民的眼里显得十分怪异。部落的长老们将跳下马的年轻人围住，想亲眼看看这个二十多年前被送到叶尼塞河流域帐篷的婴儿长大后的样子。长老们个个惊叹不已。因为这个年轻人比部落中任何年轻人都肩宽腰阔，眼神锐利，一看就是个异常精悍之人。

年轻人来到如今已是部落首长的兄长面前，依照养育自己的氏族的礼节进行了回国的问候。他动作麻利，举止中透着一股威严。

年轻人寻找着自己父母的身影。当得知父母早在十多年前就已相继去世后，他又按养育自己的氏族的习惯跪地仰天，表达了自己的哀悼之意。唯有此时年轻人是面露悲色的，不过也只是一瞬，不一会儿，年轻人便站起身，在安排好的自己的座位上坐下来。不过，年轻人刚坐下就需要重新站起来，因为掌管泉的老圣者正在数名男子的引导下，从对面的坡道上爬上来。

老圣者在男人们的左右搀扶下踉踉跄跄一步一步地走过来。从老人的身影自坡下露出的那一刻起，宴席上就笼罩着一种迎接圣者的紧张严肃的气氛。因为圣者是为了向首长的亲兄弟——年轻人表示祝福，才离开他泉旁的茅庐来到宴席的。这种情况平常是很少见的。

年轻人来到出现在宴席上的圣者的面前，照着一名长老教的话重复了一遍。他发誓，作为本部落的一员，今后自己一定要尊敬泉神，决不违背。自己要跟部落的其他人一样，每天只领一罐水。既然每一滴水中都住着神的心，所以他绝不敢怠慢。总之，年轻人作为生活在该部落的一名成员在圣者面前进行了宣誓。

年轻人返回自己座位的同时，圣者也起身离开宴席，跟来的时候一样在男人们的搀扶下下坡而去。宴席上的人们全都怀着迎接神圣的虔诚心情，屏息静气，低眉顺眼，直到完全看不到圣者的身影。

在年轻人看来，对水拥有绝对权力的老人只是一个愚钝无能的废人。他眼瞎的面孔十分丑陋，一语不发的态度也让人费解。年轻人甚至怀疑，就连自己被迫发的誓言恐怕都未进入对方的耳朵。他怀疑，老人不仅眼瞎，很可能还耳聋。

年轻人原本就觉着，将泉当作神崇拜本身就是一件怪事。年轻人是在从不缺水的部落里长大的。叶尼塞河的支流将部落绕了大半圈，部落的里面也有好几处泉往外喷水。可是，那里的泉除了用作牲畜饮水场外没别的用处。因为，那里每几户人家就会共同拥有一口水井，倘若想要更多的水，新井挖多少有多少。

年轻人一直都是把火当作神来崇拜的，像这种崇拜泉神的信仰，他还是第一次遇到。他早就听说自己出生的氏族习俗跟其他塞克人氏族不一样，他想，这下完了，自己果然来到了一个麻烦的地方。

在年轻人的眼中，宴席十分寒酸。酒少不说，喝的量还受限，连一个喝醉的人也没有。虽然部落的姑娘们也会随音乐跳舞，可由于未设宴席必备的火祭坛，姑娘们的动作既无法勾起人的邪念，也没有火焰般妖娆，异常单调且乏味。年轻人对这次犒慰自己多年囚禁生活的宴席一点都提不起兴趣，认为不到深夜便匆匆结束的做法也很不尽兴，很不过瘾。

次日，部落的主事者们齐聚首长家开会。他们必须要给新到首长家的年轻人议定权限和职责。年轻人也参加了这次的会，并将自己昨晚思考了一整晚的结果在会上说了出来。

"能不能在这个部落里再挖一处泉呢？根据我的经验，如果一个地方有泉，那么就肯定还能找到另一处泉。总之，在现在的泉的周围挖一挖就知道了。"

长老们从未听到过如此不逊之言。在现在的神泉之外再找一处泉，岂有此理！一名老人说是因为自己活得太久了才会听到如此恐怖的话，另一位老人则说这种年轻人的出现绝对是神对人们泉神信仰淡漠的愤怒。然后就闭会了。

会议在三日后重启。这一次，年轻人撤回了挖泉的问题，却抛出了一个新提案，他建议能否修改一下一人只能打一罐泉水的现行做法，改为一人两罐。

"据我个人了解到的情况，虽然关闭夜门的时候泉的水位多少会有些下降，可第二天早晨开门的时候，泉水在任何时候都是满满的。就算是泉本身的水量有限，可即使将目前的打水量增加一倍，泉水也未必会干涸的。"

这次跟上次一样，年轻人的发言足以让会议立刻中止。神赐了一罐水还不知足，还想要两罐，岂有此理！一罐水是神定的量，神肯定有神自己的考量。抱怨神的指示，光是想想就让人觉得恐怖。正因为遵守了神定的规矩，部落的人们才平平安安地生活到了现在。年轻人的兄长——首长气得脸发抖，长老们也都认为除了等恶魔离开年轻人内心才能重启会议外别无办法，然后便一个个起身离去。

会议的第三次召开是在十来天以后，在这十来天的时间里，年轻人又准备了一些有关泉水的新知识。他所谓的新知识，就是掌管泉钥匙的圣者只是一个废人，毫无用处。

圣者不仅眼瞎，还如年轻人初次见面时所观察的那样耳聋，而且嘴里几乎不说话。虽然他整天都在口中咕噜着同一句短话，可谁都不知道他咕噜的是何意思。所以从这一点来看，圣者不仅眼瞎耳聋，很可能还是个哑巴。可以认为，圣者所咕噜的并不是语言，只是将几个毫无意义的音符连缀起来，习惯性地从口中发出而已。像这种近乎废人的圣者是不可能开关泉门的。替圣者掌管的是一名十七岁的姑娘。这姑娘本是一名孤儿，为了伺候这名圣者，数年前就被该部落送给了圣者，然后就与圣者一直共同生活。如果说圣者比其他的部落民多少还有点强的地方，那就是他比任何部落民都高龄。连部落的长老们都猜不透圣者到底有多少岁。因为从他们出生懂事的时候起，此人就已经是掌管泉钥匙的圣者了。

在第三次会议的席上，年轻人说道：

"掌管泉钥匙的圣者眼看不见，耳听不着，还不会说话。那么他到底在做什么？夜晚与清晨开关泉入口的门？可是现在他连这个都不用亲手去干了。他每天都坐在泉入口的洞窟里，若说工作的话，就只有这个。圣者由于这奇妙的职责受到了部落民的尊敬，被供以食物。与其说尊敬毋宁说可怜更准确。由于那奇妙的职责，他的口、耳、眼才都失去了功能。"

话一出口，年轻人就知道所有的骂声与怒号都会朝自己一齐杀来。一瞬间，年轻人本能地感到了自身的危险并站起来，可他立刻就被放倒在地。年轻人被众多男人抬到广场中央，然后被一顿暴打和鞭笞，直至他动弹不得。

当年轻人苏醒过来时，发现自己正在远离部落的草原中央。若在平常是不可能苏醒的，可身强体壮的年轻人到鬼门关前转了一圈后竟奇迹般地又活了过来。

夜漆黑。尽管浑身不能动弹，可他依稀觉得有人正用手在自己的全身涂抹草药。草药捆在按拭过一处伤口后，再移到下一处伤口。由于年轻人全身有无数的伤口，所以他只觉得伴着疼痛的冰冷触觉依次爬遍了全身。年轻人再次失去意识。

当再次苏醒过来的时候，年轻人发现自己正横躺在一处牧草棚里。食物是一位年轻姑娘亲手带来的。数日之后，年轻人才知道，救自己命的姑娘便是与圣者同住的姑娘。每当部落里有人死去的时候，都是由这位姑娘替圣者到这草原墓地来祭祀死者灵魂的，这是她的工作。多亏了这些，年轻人才获得了幸运，让姑娘发现了自己气息尚存的身体。

年轻人伤愈后，一天夜里，他离开牧草棚，想赶赴曾作为因人长大的那遥远北方的帐篷。姑娘送了他。年轻人表示衷心感谢，可姑娘说自己是侍奉神之人，只是按神的意志在做而已。虽然姑娘的脸上是狂热信徒特有的那种冰冷表情，可心地却很善良，正由于她的善良，年轻人才挽回了一命。

经过这次的事件后，有关异端年轻人的传言便在部落里十分盛行。没人知道他苏醒并已回到遥远的其他氏族帐篷的事情。由于塞克人的葬习是将死者丢弃到原野上喂鸟兽，因此年轻人也不例外。并且，现在也没人相信年轻人出自本部落的首长之家。部落的所有人都认为，叶尼塞河上游的那个氏族在将人质返还的同时，也给他们派来了一个可怕的恶魔。

年轻人事件发生后的一年整，被夹在两道阿拉套山脉间的草原帐篷便发生了一件闻所未闻的异常事件。

部落突遭三百多骑马团伙的袭击。袭击者们骑着马钻进部落的各条胡同，将部落里所有角落用马蹄踏遍之后在首长家前面会合。部落的主事者们全被召集起来。部落的男人们从未如此惊讶。因为袭击者的头领竟是他们以为一年前早已被自己打死的那名年轻人。

会议立刻被召开。长老们也束手无策，只能全盘接受年轻人的要求。年轻人宣称自己接替兄长担任该部落的首长，会议只好立刻予以承认。

年轻人将曾经残忍对待自己的兄长降为一介牧夫，给那些想杀死自己的长老们也安排了同样的命运，并任命了部落新领导者来组织新会议。被任命的领导者全都是年轻人。

当天晚上，新首长家的前面设了火祭坛，士兵们痛饮着从部落中征收来的酒，喝得烂醉如泥。火红的篝火一直燃烧到深夜，士兵们围着火堆群魔乱舞，部落从未如此喧嚣过，搅得没有一个部落民能安然入睡。

从这天开始，平稳的部落完全变了样。令人瞠目的事情一件件被会议决定并付诸施行。

首先吓坏部落民的是每人每天一罐水的水量被改为了每天两罐。倘若泉水仍无异常，恐怕不久后就会改成一日三罐四罐了。新政发布之日，部落里没有一个人去行驶被赋予的水权。只有那些驻扎在本部落的其他氏族的士兵们群聚在泉边，肆无忌惮地打着水，想打几罐打几罐。

与此同时，泉的祭坛被毁，守泉的圣者也被禁止入泉。

此前，人们每天都能看到圣者被姑娘牵着手走向设在泉入口的坐处，可从这天起，圣者被剥夺了守泉者的地位。

为了让部落民改变此前陈旧的水观念，将他们的生活切换为充分用水的新模式，年轻人势必要处理这个只能是废人的圣者，以儆效尤。因而，又聋又哑的老盲人因骗人之罪沦为乞丐也顺理成章，他应该每天在胡同里游荡，向每户人家乞食才是。不过，尽管这种想法曾一度支配年轻人，他最终却未这么做。因为圣者的同住者——那位年轻的姑娘曾对自己有救命之恩。圣者虽被禁止进泉，却仍被允许住在此前的茅庐里。年轻人想让自己的救命恩人离开圣者，将她迎到自己的帐篷，可姑娘并未答应。

"圣者还有神吩咐的工作要做，我必须替盲人圣者完成这些工作。"

姑娘说。

"什么工作？"

年轻人问。

"天黑关泉门，天亮开泉门。"

姑娘回答。于是，年轻人决定将这最后的剩余工作也从圣者手里收回。他只需发布一道泉门昼夜开放的政令即可。年轻人立刻就这样做了。可没过几天，政令却不得不撤回。因为每夜都会闹狼灾，还发生了数人被狼咬死的事件。部落的男女们连打被许可的水量都要犹豫再三,更无人敢在深夜里靠近泉。因此遇难的全是驻扎在部落的其他氏族的士兵们。

刚毅的年轻首长决定深夜巡泉。他带了几名携短弓的士兵,亲自爬上泉的屋盖,从天窗窥探泉的内部。月光从天窗斜落下来,借着苍白的月光,他发现池边聚集着一个狼群,有好几只。其中有两只蜷着,三只仰着凶悍的脸站着,还有几只在那儿转来转去。

年轻人知道,要想不让夜间的泉成为狼的栖身场所,就必须跟从前一样天一黑就关闭泉门。就这样,开关泉门的工作被再次返还到圣者手里,而实际上,还是由姑娘代替圣者执行的。从这时起,年轻首长就陷入了对姑娘的爱慕中,无法自拔。

部落的男女们用了近半年的时间,才终于做到在不怕神怒的前提下每天能打两罐水。可一旦发现即使每人打两罐也无任何报应后,泉顿时热闹起来。从早到晚都能看见举着罐子的男男女女钻进泉的入口,再从出口出来。不过,也并非所有的部落民都这么做。依然有一部分人坚持只打一罐。他们大多是老人。打水的时候,他们必会在罐中放些食物,供在圣者所住的茅庐入口,然后才朝泉走去。钻过泉门后,他们依然朝曾有祭坛的地方点头行礼,仿佛那祭坛至今仍在似的，献上感谢的祈祷后，才走下石阶，朝神在的泉走去。

当部落的多数男女都学会打两罐水后，部落的面貌顿时发生了变化。大街小巷到处都充满了活力，站在小巷里说话的男女也多了，笑声、歌声和嚷嚷声也多了。

年轻人每日都要巡视一次部落。起初投向他的只有怨恨的眼神，没有一个人向他表达友爱。可大概半年后情况完全发生了逆转。年轻人处处都能受到部落民真诚的问候。

部落的男女们像换了人似的变得勤劳了，开朗了。年轻人们则每晚都要在某家聚集，举行只有年轻人参加的聚会。会上歌声嘹亮，乐声婉转。聚会的不只年轻人。男人们也举行男人的酒会。由于酿酒已不像从前那样受限，所以任何聚会都会有酒喝。

日出努力工作，日落则从工作中解放出来尽情玩耍，这便是年轻人的治国理念，可仅过半年他的梦想就实现了一半。年轻人做首长还不到一年，就将一直驻扎的士兵们送回了他们在叶尼塞河畔的帐篷。

时过一年，其他氏族的商队让该部落越发的繁荣昌盛。在缺水的时代里，该部落一直被其他氏族的商队敬而远之，可如今已换了人间。每天都会有商队来到这里，进入新建的市场。该部落生产的毛皮和角工艺品被拿来与其他氏族的珍贵物产进行交换。

只是将一天的水量变成了两罐，就让夹在两座阿拉套山脉间的草原部落变成了完全不同的另一个部落，变成了一个既富裕又有活力的部落。仅仅过了一年，回顾这一年，部落中却发生了数件此前从未有过的事件。通奸两件、盗窃七件、刀伤人案十三件——这是年轻人所处理的部落的新案件。在调查这些案件的过程中，年轻人发现了几件此前并不知情的小型犯罪。一件是每人每天两罐水变成了三罐四罐。当然，干这种事的并非所有部落民，只是极少数年轻人。更有甚者，他们会从早到晚去打无数次，并将所得的水卖给其他氏族的商人们。买水者不只是商人，也有部落民。处理此案时，最让年轻人棘手的是，不知从何时起人们竟自然而然地用起了换水券。这种券是用羊皮裁成的，每张有巴掌大小，一张能换一罐水。这种券有人拥有几十甚至几百张。起初时，一天明明能打两罐水，可因为某种理由只打了一罐，在这种情况下，自己眼睁睁就要失去一罐水的权利，因此，作为一种对策，不知是谁便想出了这个主意。如今这东西已被广泛应用，并在水的方面平生出了一些富人和穷人。更有甚者，甚至穷得连后半年的水权都丧失了。

作为一种对策，年轻人决定让守泉的圣者再次坐回泉入口的坐处。因为他觉着，就算是盲人，有个守泉的总比没有强。结果却没大效果。因为对部落的年轻人们来说，如今守泉的盲人坐不坐在那儿都一样。泉和圣者都失去了曾经拥有的尊严与权威。

时间又过了半年,半年内发生的通奸案一下攀升到了十多件,还新发生了两件杀人案。至于刀伤案和盗窃案,则多到了无法统计准确数字的程度。更让年轻首长挠头的是,淫靡之风席卷了整个部落。年轻男女们每天都聚在草原上跳舞,可无论他们跳的舞还是唱的歌尽是些下流的东西。虽然大人中一部分人对这种风潮表示担忧,可绝大多数的大人根本就没资格批评年轻人们,因为他们自身也沾染了淫靡的习气。

就在年轻人做首长快两年时,该部落突然与相邻草原的其他氏族发生了冲突。造成事态的原因有二。一是该部落的一名年轻人杀死了一名对方商人并抢夺了其商品,另一原因是该部落某人的妻子与对方某年轻人私奔。这两件都是两年前连想都不敢想的事情。

双方的交涉并不顺利。无论如何也是这边的年轻人杀死了对方的商人,作为补偿必须得答应对方的要求,可是这边也有条件,即对方必须将被年轻人拐走的部落民的妻子交回来。结果对方却不答应。

于是,该部落的年轻人们第一次作为士兵离开了草原,可数日之后，仅有十分之一左右的人逃命回来。由于年轻人当兵训练的时间太短，出现这种结果也是必然的。虽然战斗就这样结束了，可失败造成的结果却是，该部落必须将北侧山脉脚下的草原割让给对方一大块。

年轻的首长无法忍受这种屈辱。于是同争夺首长之位时一样，他再次向养育自己的叶尼塞河上游的帐篷告急。

年轻人将部落中所有的男子都动员起来，将他们集中在草原某处，然后编入不久后被派来的救援大部队。这一次，年轻首长身先士卒冲在了最前头。

战斗持续了月余，在数个战场展开，不过这边在每个战场上都取得了大捷。年轻人在战斗方面是一位优秀的指挥者，所有胜因都是他平日里创造出来的。

当年轻首长接受完敌方的投降，作为该部落最初的凯旋部队回来时，迎接凯旋的全是女人。由于这次的战斗让大半的男人战死，所以，女人们全都红着眼寻找自己的丈夫或儿子，欢声与痛哭在部队中此起彼伏。

这一日，年轻首长发布了命令，将整个部落作为后续部队的欢迎会场。因为这次胜利全靠这些部队的力量，作为首长，他必须要大搞一场庆功宴，尽量表达感谢与慰劳之意。虽然部落男人的数量减少了，可胜利的气氛还是淹没了整个部落。天没黑部落民们就开始饮酒狂欢，大街小巷到处充满了听不清的叫喊声与嚷嚷声。与其说是人们酩酊大醉，不如说是整个部落，是所有的房子、街巷、路口都酩酊大醉更准确。后续部队派来使者说部队将在深夜进入部落。

年轻人虽然意气昂扬，可他全身受了刀伤。年轻人仍想让跟圣者同住的姑娘给自己治伤，就把姑娘叫到了自己的帐篷。姑娘跟上次一样用草药处理了年轻人的身体。年轻人一面接受治疗，一面从姑娘的手上感受着仙女般的温柔。他觉着，除了爱情是不会有这般温柔的。

由于是自己的救命恩人，年轻人一直压抑着对姑娘的爱。可这一次他再也忍不住，他只觉得自己的爱就要决堤而出。年轻人无论如何也想把姑娘留在自己的帐篷里。得知年轻人的心思后，姑娘说：

"我还有重要的工作。我必须替圣者开关神泉的门。我身上现在就带着那泉门的钥匙。"

姑娘从上衣兜里取出一个长方形的小箭头状的东西给年轻人看。姑娘丰满的胸部让年轻人觉得很性感。

年轻首长觉得她是个很奇特的姑娘。她居然仍相信泉神的存在，坚信掌管钥匙便是神赐予的使命。而且，尽管她会用无法形容的只能理解为爱的温柔为自己两次治伤，可对自己的要求却理都不理。

"对我来说，今晚是特殊的一夜。是我胜利凯旋部落的一夜。你今晚必须留在这儿，就一晚。"

女人吊起眉梢。可即使横眉立目，她的脸依然让年轻人觉得很奇特，带着一种异样的美。

"我就算是死，也无法答应你今晚留在这儿的要求。关门是神的规矩，圣者是在按神的意志在做。我之所以带着钥匙，只因我是行动不便的圣者的手脚。曾经有那么几夜没有关门，结果神的愤怒不是立刻就以狼灾的形式表现出来了吗？因为神不允许任何人从夜间的泉打水。我今晚不能留在这儿。因为，深夜进入部落的大部队必定会涌到泉那儿。我必须要赶在他们前面关上泉门。"

年轻人的耳朵早已听不进姑娘的话。他硬是将姑娘推进自己的卧室，自己也走了进去。

年轻人让姑娘从了自己后说，这下你再也无法从我身边逃走了。结果姑娘悲伤地抬起脸，泪眼蒙眬地说：

"我也在这么想。我从刚才起就想逃离你，可我做不到。"

然后姑娘一面指着放在小桌上的泉的钥匙，一面说：

"钥匙就在那儿。我必须要带着它离开这儿。我从刚才起就无数次在这么想。可是，我做不到。如今的我已很难拒绝你带给我的爱的快乐。选择死无疑更容易得多。"

不觉间深夜的帷幕在帐篷外又降下了数层，部落的喧嚣依旧不减，人群的叫喊声和敲鼓声仍不绝于耳。之后又过了数刻。当大队人马的人喊马嘶开始重重地淹没部落的夜晚的时候，姑娘忽然回过神来，她猛地挣脱年轻首长的手腕，带着钥匙出了帐篷。关闭泉门的时间早已过了。

姑娘拼命地跑。她连滚带爬地跑在部落中弯弯曲曲的坡道上。此时若有人看到姑娘飞奔的样子，一定会怀疑自己遇上了妖怪。她没命地飞奔，仿佛灵魂从肉体里飞出来一样。

当姑娘靠近泉的时候，她发出了绝望的叫声。泉早已被几百匹军马包围。

姑娘想堵住泉的入口，却立刻被接连闯入的士兵们撞飞。关门是不可能的了。姑娘徒劳地在泉周围跑来跑去，最后她爬上泉的屋盖，从天窗看泉的内部。泉已经跟平常的样子完全不同。今夜跟上次年轻人发现狼群时的夜晚一样，月光正从天窗里照下来。起初姑娘还以为是自己看错了。因为泉水已被彻底打干，连沉在泉底的大石头都露了出来，有几名士兵正跳到那石头上，打着周围剩下的少量的水。士兵们脚下的石头在姑娘看来是青色的。她以为是月光造成了她的错觉，可结果不是。因为连部落男女们每天踩来踩去的高出水面很多的池边石板路也没有这种颜色。只有被置于泉正中央的一块扁平的大石头呈青色。一种连月光都吸走般的清澈而鲜艳的青色。

就在这时，姑娘眼看着那块大青石竟载着几名士兵缓缓地摇动起来。士兵们一面不约而同地举着双手在空中摇摇晃晃，一面努力保持平衡避免从青石上滑下去。这种情形也只是瞬间而已，紧接着当石头猛地一斜的时候，士兵们的身影已然不见。姑娘看到水溢上来，眼看着将青石环抱。水量的增长非同寻常。转瞬间便将青石没了水中。接着水又涨到池边的石板路，很快将路淹在水中。聚集在出入口两端台阶上的士兵们的声音依稀传入耳朵，人类悲痛的叫声在姑娘听来是那么的苍白无力。当姑娘滑下泉屋盖的时候，她看到自己刚才爬上的屋盖有如活起来一样竟剧烈地摇动起来。喷水淹没泉屋盖的速度令人难以置信。

姑娘开始飞奔，她想去与圣者共住的茅庐，可此时她已无暇选择去向。她必须逃往地势高的地方，任意地方都行。尽管分不清是水流的声音还是水喷的声音，总之声音很吓人。

大量的马群开始嘶叫、慌乱并狂奔。可姑娘却再次朝圣者的茅庐跑去。她想，或许将钥匙交给圣者便可以阻止这泉的异变。可是，跑到中途后姑娘仍不得不返回。因为有好几条湍急的河挡住了去路，而且河水还在不断变宽。从此时起，月亮开始露出酸浆色的异样红色，无论草原的远处还是近处，到处都开始传来所有生物的尖锐的叫声。

泉里喷出来的水用了五个月的时间将夹在两道阿拉套山脉间的盆地完全淹没。不用说盆地里的这处部落也完全沉到了水底，住在里面的人们也沉入了水底。汹涌而来的水量太多，势头太猛，加之部落地处小丘陵的重叠地带，因此就在人们不断逃往高处期间，其他的低地彻底被水占领，人们最终失去了最后的逃生地，只能沦为水的食物。此时距年轻人就任部落首长只有两年半。

当整个盆地贮满水的时候，西南部的一座大丘陵的一角忽然坍塌。坍塌的样子几乎令人难以置信。山丘瞬间缺了一半。于是水便从缺口里流出，盆地里的水这才停止了对一切的继续侵略。

尽管数量很少，可还是有一些人在这次大异变中生存下来。当水淹没了整个盆地，水位无法再涨高时，有三个男人与两个女人站在了这新大湖的岸边。其中的一名男子便是圣者。盲目的圣者究竟是如何生存下来的的确令人费解，可总之他生存了下来。并且，他依然在口中咕噜着谁也不懂的那句话。其他生存者也听不出是什么意思，只当是老人受刺激而说的胡话。生存者全都是其他氏族的男女。可是，当其中一名中年女人无意间听到老人的咕噜声时，她忽然明白了老人在说什么。原来，老人是在反复说着"不要碰青石，青石是神石"。又聋又哑眼又瞎的这位老圣者，从几年前、几十年前就作为一个痴呆的记忆每天在咕噜的竟是这样一句话。该女人来自阿拉套山中的某少数民族，老圣者的语言恐怕就是该民族的语言。

上述一连串的故事讲述了一个湖的历史形成，此湖便是如今位于吉尔吉斯斯坦共和国的伊塞克湖，是一座隐藏在天山山中的比琵琶湖还要人近十倍的大湖。故事中还讲到了湖的一个出水口，这便是形成了如今的楚河谷，并在该流域形成了众多都邑的楚河。当然，这条楚河以前是从湖中往外流的，如今虽然它仍在湖边流淌，可已经不再从湖中往外流。对于楚河的这种变化，考古学者们认为是由天山山系流出的泥沙堆积与移动造成的。

伊塞克湖在玄奘的《大唐西域记》中，是以热海、咸海、大清池等名字亮相的。大概因为它是个不冻湖，含有盐分，水透明度高。顺便说一句，俄罗斯考古学者认为，如果从盐分分析看湖的生成年代，大约是在十万年前。可问题是我们究竟该相信十万年这一科学计算出的庞大数字，还是该相信自古便在伊塞克湖湖畔的居民间传承的这个传说故事呢，看来这问题也只能交由个人了。

(《海》昭和四十四年七月号)

## 译后记

井上靖先生是日本的文学巨匠,也是一位有着深厚的中国情结的作家,其以《敦煌》《楼兰》等为代表的西域题材的历史小说深受读者喜爱。他的作品或富有诗意,或充满对人生对历史的独特思索,吸引着广大读者。译者本人也是其粉丝之一。可由于种种原因,加之译者的懒惰,迄今尚未仔细研读过其作品,甚是遗憾。此次有幸得到许宁编辑的邀请,翻译井上先生的这本历史小说集,这才获得研读其作品的机会,实现了与井上靖先生的一次真正邂逅。

这本小说集共收录了井上靖先生的八篇短篇历史小说,其中既有西域题材的,比如《异域之人》《明妃曲》《圣者》,也有以日本战国时代为历史背景的,如《平蜘蛛之釜》《信松尼记》《幽鬼》,其中每一篇都充满了作者对历史对人生的独到探索与思考,将读者诱入神秘的西域风情和悠远的日本战国时代去。

《异域之人》描写了一位将大半生奉献给了西域的"异

域之人"——班超充满苦难和彷徨的征服之旅,将读者的心同时带进了遥远的古西域。说实话,作为一个外国人,能够对中国西域的历史如数家珍,实在是令人称奇。而且,作家还从未到实地考察过,仅凭着历史资料与想象便写出如此恢宏的作品,且十分经得起历史推敲,更是令译者惊叹。短短九千言便将一个戎马倥偬的班超跃然纸上。当译到班超为经营西域而舍弃爱情及家人,译到他最后甚至变成了一个"胡人"时,就连译者本人都唏嘘不已。时代造英雄,英雄造时代。英雄固然是可敬的,可英雄背后的辛酸又有多少人能够知道呢。

同样以西域为题材的《圣者》则近似一篇寓言,表达了对现代文明的一些批评与讽刺。合理现代的生活方式打破了原始落后的生活方式,给部落带来进步的同时,也最终导致了整个部落的崩溃,此结果不能不说是对文明的一种讽刺。年轻人企图用先进的理念对部落进行改革,结果却造成了部落的灭顶之灾。虽然这只是根据伊塞克湖传说杜撰的一个故事,可故事的背后却不由得引人深思——先进文明取代落后文明,其结果就一定是好的吗?

从以上作品不难看出,井上靖先生是一个有着浓厚的中国情结、浓厚的西域情结的人,甚至可以说是一名"西域粉丝"，否则，他是很难写出如此恢宏的西域作品来的。不仅他本人是一个十足的西域粉丝，在翻译的过程中，就连译者本人也都被他同化，化成了一名西域粉丝。我想，各位读者在读了他的作品后，也会同我一样迷上古西域的。

由于译者在十多年前翻译过《德川家康》系列，因而对本书中同样以日本战国时代为背景的几篇历史小说倍感亲切。《信松尼记》通过武田信玄的小女儿松姬的视角，描绘了武将们在战国乱世这一历史背景下的残酷竞争与武田家的兴亡，同时也叙述了松姬的内心世界与情感生活。作为一个战国枭雄的女儿，在那样的一个时代里，爱情于她完全是一种奢望，她的宿命只能是出家为尼。我想，读到这里时，读者也一定会跟我一样产生共鸣的。《幽鬼》与《平蜘蛛之釜》的主人公明智光秀与松永久秀，二人都是背叛织田信长的武将，结局也都是孤独惨淡的。明智光秀与松永久秀是恶人吗？是！可二人的身上也都透着一种无奈——在战国争雄的背景下，每个人都会陷入狂热，为权力斗争而赌上身家性命，可以说，他们都是无奈的，历史的无奈。跳出对历史的执着与偏见，在历史中尽量还原人的本来面目，还原为一个有血有肉的人，而不拘泥于善恶。我想，这也是井上靖给我们的一点启示吧。在《幽鬼》中，令译者印象深刻的是明智光秀的内心活动：他发动兵变前后的"心鬼"和内心的"无奈"。甚至，令我这个向来喜欢信长而讨厌明智光秀的译者都不由得有点同情起他来。我想这便是井上靖作品的魅力吧。人是有人性的，好人也有阴暗的一面，坏人也有可怜的一面。《平蜘蛛之釜》中，作为一个野心家，为成为日本的"天下人"，阴险毒辣的松永久秀几次背主，可最终还是败在了信长手里。可即使这样的一个恶人，也有着令人动容的一面。他拒绝了信长的劝降，与城池共存亡，宁死也不让平蜘蛛釜落到信长手里，表现出了一名武将不屈的一面。

《僧行贺之泪》与《异域之人》有些类似，同样描写了一个长期异域生活最终改变人生的历史悲剧。作为一名留学僧，行贺在唐朝修行了三十多年，可回国之后，最终得到的评价却是人们的批评——"经久岁月，学识肤浅"，揭示了遣唐使们不为人知的凄苦与精神压力。

还有《玉碗记》，记述了被凝冻于两个波斯产的琉璃碗上的安闲天皇与春日皇女的爱情在各自历经多舛的命运，经历两千多年后再次邂逅……

絮絮叨叨地说了半天，想必连读者都烦了。归根结底，译者终究只是个翻译匠，有时只会陷在原文里不能自拔，陷在咬文嚼字和冥思苦想中不能自拔，陷在对信达雅的苦苦追求中不能自拔。"一叶障目不见泰山"的情形于我来说是经常有的，因而，我自忖没有资格在这里对作品说三道四，只想赶快把文章交与读者，让大家自己去细细品味。

王维幸

二〇一九年七月于青岛

# 附录　井上靖年谱

**1907年（明治四十年）**
5月6日，出生于北海道上川郡旭川町，父亲井上隼雄，母亲八重，井上靖为二人的长子。
祖父井上洁。井上家是伊豆汤岛的医生世家。母亲八重是家中的长女。父亲隼雄为井上家赘婿。

**1908年（明治四十一年）　1岁**
父亲井上隼雄出征前往韩国，井上靖同母亲搬至伊豆汤岛。

**1909年（明治四十二年）　2岁**
因父亲调动工作，迁居至静冈市。

**1910年（明治四十三年）　3岁**
9月，妹妹出生，和母亲一起搬至汤岛。

**1912年（明治四十五年） 5岁**
父母离开汤岛，将井上靖交由其户籍上的祖母加乃抚养。加乃是已故的祖父井上洁的小妾，此时已入籍井上家，在法律上是井上靖的祖母，平时独居于仓库中。井上靖与加乃的感情十分深厚。

**1914年（大正三年） 7岁**
4月，入读汤岛寻常高等小学。

**1915年（大正四年） 8岁**
9月，曾祖母阿弘去世。

**1920年（大正九年） 13岁**
1月，祖母加乃去世。2月，来到父亲的任地浜松，和父母一起生活。转学至浜松寻常高等小学。4月，入读浜松师范附属小学高等科。

**1921年（大正十年） 14岁**
4月，以第一名的成绩考入静冈县立浜松中学，担任班长。同年，父亲前往中国东北工作。

**1922年（大正十一年） 15岁**
3月，因为父亲被内定为台湾卫戍医院院长，因此寄居于三岛町的姨妈家中。4月，转学至静冈县立沼津中学。

**1924年（大正十三年） 17岁**
4月，因家人全都去了台湾的父亲身边，所以被托付给三岛的亲戚照顾。夏天，旅行去台北看望父母亲。此时，受老师和友人的影响，开始对诗歌、小说等产生兴趣。

### 1925年（大正十四年） 18岁
学校发生了学生闹事事件，被认为是带头闹事者之一，被强制搬入了附近的农家，处于老师的监视之下。

### 1926年（大正十五年·昭和元年） 19岁
2月，在沼津中学《学友会会报》上发表短歌《湿衣》九首。3月，从沼津中学毕业。前往台北的家人身边，但因父亲调任，又搬家至金泽，为高中入学考试做准备。

### 1927年（昭和二年） 20岁
4月，入读金泽第四高中理科甲类。加入柔道部。同年，征兵检查甲种合格。

### 1928年（昭和三年） 21岁
5月，应召加入静冈第三四联队，但因为在柔道活动中肋骨骨折，退伍回家。7月，参加在京都举行的柔道高中校际比赛，进入半决赛。8月，拜访住在京都的远亲足立文太郎，初见其长女足立文。从这一时期开始创作诗歌。

### 1929年（昭和四年） 22岁
2月，在诗歌杂志《日本海诗人》上发表《冬天来临之日》。此后，到1930年年底为止，一直在该杂志上发表诗歌。4月，担任柔道部的队长，但不久便退出了柔道部。5月，加入由福田正夫主办的诗歌杂志《焰》，到1933年5月左右为止，一直在该杂志上发表诗歌。同时还活跃于《高冈新报》、《宣言》(内野健儿主办的无产阶级诗歌杂志)、《北冠》等刊物上。

**1930年（昭和五年） 23岁**
3月,从四高毕业。4月,入读九州帝国大学法文学部英文科,搬至福冈,但是不久就对大学生活失去了兴趣,前往东京,醉心于文学。从9月开始,放弃使用笔名井上泰,改为自己的本名。10月,从九州帝国大学退学。12月,在弘前,与白户郁之助等人一起创刊同人杂志《文学abc》。

**1931年（昭和六年） 24岁**
3月,父亲在军医监(少将)的职位上退休,在金泽住了一段时间之后,退隐于伊豆汤岛。

**1932年（昭和七年） 25岁**
1月,杂志《新青年》上征集平林初之辅的未完遗作——侦探小说《谜一般的女人》的续集,以冬木荒之介的笔名参加征集并入选。此后,不断参加《侦探趣味》《SUNDAY每日》等主办的有奖小说征集活动并入选。2月,应召入伍,半个月后退伍。4月,入读京都帝国大学文学部哲学科,但是基本不去听课。从同年夏天开始,诗风发生改变,从分行诗转向散文诗。

**1933年（昭和八年） 26岁**
9月,以泽木信乃为笔名,小说《三原山晴夫》参加《SUNDAY每日》的"大众文艺"征集活动,被选为优秀作品。11月,《三原山晴夫》被大阪的剧团"享乐列车"改编成剧目并上演。

### 1934年（昭和九年） 27岁
3月，以泽木信乃为笔名，参与《SUNDAY每日》的"大众文艺"征集活动，小说《初恋物语》当选。4月，以大学在读的身份加入新成立的电影社脚本部，往返于京都和东京之间。

### 1935年（昭和十年） 28岁
6月，在《新剧坛》创刊号上发表首部戏曲创作《明治之月》。8月，与友人创刊诗歌杂志《圣餐》。10月，以本名参加《SUNDAY每日》的"大众文艺"征集活动，侦探小说《红庄的恶魔们》当选。《明治之月》在新桥舞剧场上演。11月，与足立文结婚。

### 1936年（昭和十一年） 29岁
3月，从京都帝国大学哲学科毕业。7月，参加《SUNDAY每日》的"长篇大众文艺"征集活动，《流转》当选为历史小说第一名，并获第一届千叶龟雄奖。以此获奖为契机，8月就职于每日新闻大阪总部。在《SUNDAY每日》编辑部工作。10月，长女几世出生。

### 1937年（昭和十二年） 30岁
6月，成为学艺部直属职员。9月，应召为中日战争候补人员。《流转》被松竹公司拍成电影。被编入名古屋第三师团派往中国北部，11月，患上脚气病，被送进野战预备医院。

### 1938年（昭和十三年） 31岁
3月，因病提前退伍。4月，回到每日新闻大阪总部学艺部工作。负责宗教栏目。10月，次女加代出生，但不久就夭折了。

1939年（昭和十四年） 32岁
除宗教栏目外，开始同时负责美术栏目。专注于对佛典、佛教美术等相关内容的取材。

1940年（昭和十五年） 33岁
与安西东卫、竹中郁、小野十三郎、伊东静雄、杉山平一等诗人交往。9月，因职务调整，转至文化部工作。12月，长子修一出生。

1942年（昭和十七年） 35岁
在出版社工作的同时，还在京都帝国大学研究生院进行研究活动。

1943年（昭和十八年） 36岁
1月，《大阪每日新闻》与《东京日日新闻》合并，成立《每日新闻》。4月，与浦上五六合著的《现代先觉者传》发行，所用笔名为浦井靖六。10月，次子卓也出生。

1945年（昭和二十年） 38岁
1月，成为每日新闻社参事。因为学艺栏被裁掉，4月，调动到社会部工作。岳父足立文太郎去世。5月，三女佳子出生。6月，家人被疏散到鸟取县。每天从大阪茨木出发去上班。8月15日，撰写终战文章《听完玉音广播之后》。12月，将家人托付给妻子娘家足立家照顾。

1946年（昭和二十一年） 39岁
1月，就任大阪总社文化部副部长。再次开始诗歌创作。

### 1947年（昭和二十二年） 40岁

以井上承也为笔名，参加《人间》第一届新人小说征集活动，9月，小说《斗牛》在当选作品空缺的情况下，入选优秀作品。4月，兼任大阪总社评论员。8月，家人迁居至汤岛。

### 1948年（昭和二十三年） 41岁

1月，完成小说《猎枪》的创作，参加了《人间》第二届新人小说征集活动，但没有入选。2月，协助竹中郁等人创刊诗歌童话杂志《麒麟》，负责挑选诗歌。4月，任东京总社出版局书籍部副部长，独自一人前往东京，暂居于葛饰区奥户新町妙法寺。

### 1949年（昭和二十四年） 42岁

10月、12月，接连在《文学界》上发表《猎枪》《斗牛》。

### 1950年（昭和二十五年） 43岁

2月，《斗牛》获第22届芥川文学奖。3月，就任东京总社出版局代理负责人，专注于创作。4月，在《新潮》上发表短篇小说《漆胡樽》。5月开始在《夕刊新大阪》上连载第一部报刊小说《那个人的名字无法说出》。7月，长篇小说《黯潮》开始在《文艺春秋》上连载。8月，《井上靖诗抄》发表于《日本未来派》。

### 1951年（昭和二十六年） 44岁

1月，开始在《新潮》上连载长篇小说《白牙》（至5月）。5月，从每日新闻社辞职，成为社友。专心从事文学创作。8月，开始在《SUNDAY每日》上连载《战国无赖》，在《文艺春秋》上发表《玉碗记》。10月，在《新潮》上发表《某伪作家的一生》。

1952年（昭和二十七年） 45岁
1月,开始在《妇人画报》上连载《青衣人》(至同年12月),7月,开始在《新潮》上连载《黑暗平原》。

1953年（昭和二十八年） 46岁
1月,开始在《ALL读物》上连载《罗汉柏物语》,5月,开始在《周刊朝日》上连载《昨天和明天之间》。7月,在《群像》上发表《异域之人》。10月,开始在《小说新潮》上连载《风林火山》。12月,在《别册文艺春秋》上发表《古德鲁先生的手套》。

1954年（昭和二十九年） 47岁
3月,开始在《朝日新闻》上连载《明日将至之人》,在《群像》上发表《信松尼记》,在《中央公论》上发表《僧行贺之泪》。

1955年（昭和三十年） 48岁
1月,在《文艺春秋》上发表《弃媪》。从昭和29年度下半期(第32届)开始担任芥川奖的选考委员。8月,开始在《别册文艺春秋》上连载《淀殿日记》(后改名为《淀君日记》),开始在《小说新潮》上连载《真田军记》。9月,开始在《每日新闻》上连载《涨潮》。10月,由新潮社出版新著长篇小说《黑蝶》。

1956年（昭和三十一年） 49岁
1月,开始在《新潮》上连载长篇小说《射程》,11月,开始在《朝日新闻》上连载《冰壁》。

1957年（昭和三十二年） 50岁
3月,开始在《中央公论》上连载《天平之甍》。10月,开始在《周刊读卖》上连载《海峡》。正在连载的《冰壁》引起了社会热议,成为畅销书。10月末,开始了首次中国之旅,为期近一个月时间。

**1958年（昭和三十三年） 51岁**
2月,凭借《天平之甍》获艺术选奖文部大臣奖。3月,在《中央公论》上发表《满月》。5月,在《世界》上发表《幽鬼》。7月,在《文艺春秋》上发表《楼兰》。10月,在《群像》上发表《平蜘蛛釜》。

**1959年（昭和三十四年） 52岁**
1月,开始在《群像》上连载《敦煌》。2月,凭借《冰壁》等作品获日本艺术院奖。5月,父亲井上隼雄去世。7月,在《声》上发表《洪水》。10月,开始在《文艺春秋》上连载《苍狼》,在《朝日新闻》上连载《漩涡》。

**1960年（昭和三十五年） 53岁**
1月,开始在《主妇之友》上连载《雪虫》。7月,受每日新闻社派遣前往罗马奥运会采风,周游欧美各国,11月末回国。《敦煌》《楼兰》获每日艺术大奖。

**1961年（昭和三十六年） 54岁**
1月,与大冈升平就《苍狼》产生论争。在《东京新闻》晚报等连载《悬崖》。6月末开始进行为期约半个月的访华。10月开始在《周刊朝日》上连载《忧愁平野》。12月,《淀君日记》获野间文艺奖。

**1962年（昭和三十七年） 55岁**
7月,开始在《每日新闻》上连载《城砦》。

1963年（昭和三十八年） 56岁
2月,开始在《妇人公论》上连载《杨贵妃传》,在《ALL读物》上发表《明妃曲》。4月,为创作《风涛》,前往韩国进行为期约一周的采风。6月,在《文艺》上发表《宦者中行说》。8月,开始在《群像》上连载《风涛》。9月末开始,进行为期约一个月的访华。

1964年（昭和三十九年） 57岁
1月,成为日本艺术院会员。2月,《风涛》获读卖文学奖。5月,为创作《海神》,前往美国进行为期约两个月的旅行采风。9月,开始在《产经新闻》上连载《夏草冬涛》。10月,开始在《展望》上连载《后白河院》。

1965年（昭和四十年） 58岁
5月,在苏联境内的中亚地区进行了为期约一个月的旅行。11月,开始在《朝日新闻》上连载《化石》。

1966年（昭和四十一年） 59岁
1月,分别开始在《文艺春秋》上连载《俄罗斯国醉梦谭》,在《世界》上连载《海神(第一部)》,在《太阳》上连载《西域之旅》。

1967年（昭和四十二年） 60岁
6月,开始在《每日新闻》晚报上连载《夜之声》。夏,受夏威夷大学邀请担任夏季研究班讲师,前往夏威夷旅行。诗集《运河》刊行。

1968年（昭和四十三年） 61岁
1月,开始在《SUNDAY每日》上连载《额田女王》。5月,前往苏联进行为期约一个半月的旅行,为《俄罗斯国醉梦谭》采风。10月,《西域物语》开始在《朝日新闻》周日版连载。12月,《北之海》开始在《东京新闻》等刊物连载。

### 1969年（昭和四十四年） 62岁
1月,分别开始在《世界》上连载《海神(第二部)》,在《太阳》上连载《西域纪行》。4月,就任日本文艺家协会理事长。《俄罗斯国醉梦谭》获新潮日本文学大奖。7月,在《海》上发表《圣者》。8月,在《群像》上发表《月之光》。

### 1970年（昭和四十五年） 63岁
1月,开始在《日本经济新闻》上连载《榉木》。9月,开始在《读卖新闻》上连载《方形船》。

### 1971年（昭和四十六年） 64岁
1月,开始在《文艺春秋》上连载美术游记《与美丽邂逅》。3月,前往美国进行约两周的旅行,为《海神》采风。5月,开始在《朝日新闻》上连载《星与祭》。诗集《季节》刊行。

### 1972年（昭和四十七年） 65岁
9月,开始在《每日新闻》晚报上连载《年幼时光》。由每日新闻社主办的"井上靖文学展"举行。10月,开始在《世界》上连载《海神(第三部)》。新潮社版《井上靖小说全集》(共32卷)开始出版发行。

### 1973年（昭和四十八年） 66岁
5月,前往阿富汗、伊朗等地进行为期约一个月的旅行。11月,母亲八重去世。沼津骏河平开设井上文学馆。

**1974年（昭和四十九年） 67岁**
1月，开始在《文艺春秋》上连载游记《亚历山大之道》。开始在《每日新闻》周日版上连载随笔《一期一会》。9月末开始为期约两周的访华。

**1975年（昭和五十年） 68岁**
5月，作为访华作家代表团团长，在中国进行了为期约20天的旅行。

**1976年（昭和五十一年） 69岁**
2月，前往欧洲进行为期约一周的旅行。6月，前往韩国进行为期约10天的旅行。11月，获文化勋章。进行为期约两周的访华。诗集《远征路》刊行。

**1977年（昭和五十二年） 70岁**
3月，用约10天的时间历访埃及、伊拉克等地。8月，进行为期约20天的访华，前往新疆维吾尔自治区。11月，开始在《每日新闻》上连载《流沙》。

**1978年（昭和五十三年） 71岁**
1月，开始在《文艺春秋》上连载《我的西域纪行》。5月至6月间访华，首次到访敦煌。

**1979年（昭和五十四年） 72岁**
3月，每日新闻社主办的"敦煌——壁画艺术与井上靖的诗情展"在大丸东京店等地举行。从夏到秋，跟随电影《天平之甍》摄影组、NHK丝绸之路采访组等多次前往中国、西域等地旅行。

### 1980年（昭和五十五年） 73岁
3月,和平山郁夫一起参观印度尼西亚婆罗浮屠遗址。4月末开始,和NHK丝绸之路采访组一起行走于西域各地。6月,任日中文化交流协会会长。8月,访华。10月,和NHK丝绸之路采访组一起获菊池宽奖。获佛教传道文化奖。

### 1981年（昭和五十六年） 74岁
1月,开始在《群像》上连载《本觉坊遗文》。4月,开始在《太阳》上连载随笔《站在河岸边》。5月,任日本笔会会长。9月末,在夫人的陪伴下前往中国旅行,为创作《孔子》采风。10月,就任日本近代文学馆名誉馆长。获放送文化奖。

### 1982年（昭和五十七年） 75岁
5月,《本觉坊遗文》获新潮日本文学大奖。同月末、11月末、12月末到次年初,三次前往中国旅行。出席巴黎日法文化会议。

### 1983年（昭和五十八年） 76岁
6月(两次)和12月访华。

### 1984年（昭和五十九年） 77岁
1月至5月,由每日新闻社主办的展览"与美丽邂逅 井上靖 无法忘却的艺术家们"在横滨高岛屋等地举行。5月,作为运营委员长主持国际笔会东京大会。11月,访华。

**1985年（昭和六十年） 78岁**
1月，获朝日奖。6月，在夫人的陪伴下，和《俄罗斯国醉梦谭》摄影组一起访问苏联。10月，访华。

**1986年（昭和六十一年） 79岁**
4月，访华，被授予北京大学名誉博士称号。9月，因食道癌在国立癌症中心住院，接受手术治疗。

**1987年（昭和六十二年） 80岁**
5月，在夫人的陪伴下前往法国，并游历欧洲各地。6月，开始在《新潮》上连载最后的长篇小说《孔子》。10月，访华。

**1988年（昭和六十三年） 81岁**
5月，前往中国进行为期10天的旅行，访问孔子的家乡曲阜，为创作《孔子》采风。这是他第27次中国之行，也是最后一次。诗集《旁观者》刊行。

**1989年（昭和六十四年·平成元年） 82岁**
12月，《孔子》获野间文艺奖。

**1991年（平成三年）**
1月29日，在国立癌症中心去世。2月20日，在青山斋场举行葬礼，戒名：峰云院文华法德日靖居士。